Hadas, cuentos y algo más...

para jovenes y adultos

Serie Mitología,
leyendas e historia
Colección Librería

Hadas, cuentos y algo más...

para jovenes y adultos

Minerva Rodríguez

EMU editores mexicanos unidos, s.a.

D. R. © Editores Mexicanos Unidos, S. A.
Luis González Obregón 5, Col. Centro,
Cuauhtémoc, 06020, D. F.
Tels. 55 21 88 70 al 74
Fax: 55 12 85 16
editmusa@prodigy.net.mx
www.editmusa.com.mx

Coordinación editorial: Marisol González Olivo
Diseño de portada: Arturo Rojas Vázquez
Formación y corrección: Equipo de producción de
Editores Mexicanos Unidos
Ilustraciones: Gustavo Del Valle

Miembro de la Cámara Nacional
de la Industria Editorial. Reg. Núm. 115.

1a edición: enero de 2009

ISBN 978-607-14-0099-4

Impreso en México
Printed in Mexico

Introducción

Yo creo que ya las has visto o te has topado con ellas alguna vez; las hadas son seres que pueden influir en el destino de los hombres, la mayoría de las veces se les define como mujeres bondadosas con poderes sobrenaturales.

A lo largo de la historia, las hadas han sido identificadas como grandes conocedoras del corazón humano, así como del poder y la virtud de las palabras, leyendas y yerbas. Las hadas son, ante nuestra llana realidad, criaturas fantásticas y etéreas, generalmente personificadas por mujeres hermosas protectoras de la naturaleza que forman parte del mundo de los elfos, duendes, gnomos, ondinas, sirenas y otros seres maravillosos. Pero yo sé que en este mundo tuyo y mío, las hadas están presentes bajo la forma de mujeres comunes, casi imposibles de identificar bajo tal disfraz; las hadas verdaderas *socorren* a las personas buenas que necesitan de su *ayuda* sin haberla pedido. Asimismo, siempre dan buenos consejos o hacen pequeños milagros. Con todo esto, lo que podemos saber y tal vez creer, es que están donde ellas lo desean, interactuando o no, según su antojo, con la raza humana. Para un hada, las distancias difícilmente resultan un impedimento de valor para sus propósitos. Quizá por eso nos animamos a decir que el reino de las hadas está allí donde haya alguien que crea en su existencia.

Las hadas son muy numerosas, están clasificadas por especies. Asimismo, todos estos seres mágicos y fantásticos son considerados "elementales", ya que cada uno de ellos está asociado a un elemento natural: agua, aire, tierra y fuego. Esta división se ha hecho en virtud de su hábitat natural y de sus características particulares en cuanto al estilo de vida, origen y costumbres. En este libro encontraremos información necesaria para reconocer a las hadas de la tierra, las del agua y a las malévolas, así como historias contadas desde este mundo que tú y yo conocemos tan bien.

Generalmente, las hadas verdaderas poseen rasgos similares a los de los humanos, aunque con algunas diferencias. Las hadas tienen poderes que exceden sus limitaciones en este mundo. Para ellas es difícil desarrollar méritos humanos, debido a que poseen más méritos feéricos que aquellos que tienen que ver con el mundo humano. Sin embargo, tratan de comprender y estudiar (y aun de adaptarse a las costumbres humanas). La buena gente posee tanto virtudes como vicios; no obstante, tiende a personificar cualquier vicio que posean. La gran mayoría de las hadas verdaderas que habitan la Tierra con nosotros han sido enviadas aquí por haber cometido un acto prohibido dentro del reino de las hadas, o por haberse enamorado de un mortal. Pero también existe la teoría de que hay mujeres humanas que fueron enviadas al mundo de las hadas como castigo por haber cometido algún delito contra la naturaleza, o por ser tan hermosas que se han considerado dignas de ser hadas y casarse con un príncipe del reino.

Una vez aclarados estos puntos, disponte a disfrutar de este mundo olvidado en tu infancia que te ruega ahora volver a través de la magia de las historias y la imaginación.

Hadas de la tierra

Las hadas de la tierra habitan en lo más profundo de los bosques, bajo las rocas o las raíces de los árboles centenarios, en colinas o cuevas, así como en silenciosos y abandonados castillos y pueblos; algunas son habitantes de cementerios. La tierra es un libro abierto que debes aprender a leer. Cada cosa, por pequeña que sea, cada diminuto o ligero ser, tiene una historia que contar. Las hadas, las hojas, los árboles, los musgos y las piedras, todos han escrito en el libro cosas para ti, de maravilloso interés.

Glosario

Aguane: Las aguane son una especie de hadas mediterráneas protectoras de los bosques y los arroyos. Las aguane son amables con los hombres y se reúnen con ellos, pero siempre que éstos se muestren cuidadosos con la naturaleza. Si una aguane sorprende a un hombre enturbiando sus aguas o tocando sus árboles, le enreda los pies con sus cabellos y lo arrastra bajo el agua, ahogándolo. Dependiendo del daño inflingido por el hombre, ésta puede incluso llevarlo a su cueva donde lo viola para luego devorarlo. Si la aguane encuentra a hombres humildes y trabajadores, se acercará a ellos para ayudarles en el campo o simplemente buscando conversación.

Anjana: Es una hermosísima ninfa de medio metro de estatura, mirada serena y amorosa. Tiene unas largas trenzas de color azabache u oro, adornadas con lacitos y cintas de seda multicolores y se ciñe a la cabeza una hermosa corona de flores silvestres. Su piel es blanquísima y siempre lleva una cruz encarnada, y una botellita con un brebaje milagroso para reanimar a los enfermos. Vive cuatro siglos y puede transformarse en lo que desee y hacerse invisible. La principal ocupación de la anjana es premiar a la gente que hace el bien y que es generosa; bendice las aguas, los árboles y el ganado; ayuda a los pobres, a los que sufren, así como a los que se extravían en el bosque.

Ayalgas: Son ninfas hechiceras que ocultan inmensas riquezas; habitan, como las xanas, en palacios de cristales por donde se deslizan culebreando en límpidos y transparentes arroyuelos, en los cuales guardan también un misterioso fuego que hace aparecer a la entrada de sus palacios, ocultos en el seno de alguna montaña o bajo las ruinas de un antiquísimo torreón.

Las ayalgas son jóvenes y hermosas; un manto tan blanco como la espuma del mar cubre sus mórbidas formas.

Damas blancas: Viven especialmente en Alemania y países colindantes, cerca de los castillos antiguos c en arbustos sagrados. Estas damas blancas pertenecen a la comunidad más selecta de las hadas, y representan las virtudes y los ideales más elevados. Visten atavíos blancos de gran pureza, y su espíritu es bondadoso y compasivo. Ayudan a todo el que se encuentra en una coyuntura desesperada; como a un viajero que se haya extraviado en su camino; truecan las piedras y flores en amuletos y talismanes, particularmente ayudan a las embarazadas en los partos difíciles, e incluso hacen cesar huracanes y tempestades si se les invoca debidamente. Hacen crecer el trigo y convierten la paja en oro.

Damas verdes: Estas hadas personifican a las fuerzas naturales. Se han vuelto cada vez más etéreas, precisamente a causa de su continua asociación con el viento. Viven en bosques, prados o incluso zonas desérticas, morando en palacios de cristal, hielo o coral. Son de una belleza sublime y van ataviadas de color verde. Si antaño fueron burlonas e incluso mortales para el ser humano, más adelante aprendieron a convivir con él, llegando incluso a ayudarle con sus tareas domésticas.

Doncellas del musgo: Las doncellas del musgo recompensan a los hombres humildes, trabajadores y de buen corazón, con hojitas que convierten en oro, sin embargo, castigan a quienes arrancan el musgo que ellas se encargan de tejer con tanto esmero.

Dríades: Son las ninfas de los robles en particular y de los árboles en general; surgieron de un árbol. Algunas de ellas iban al Jardín de las Hespérides para proteger las manzanas de oro que estaban en él. Las dríades no son inmortales, pero pueden vivir mucho tiempo; si el árbol en el que viven es cortado, ellas mueren. La tradición tardía distingue entre dríades y hamadríades, considerándose que estas últimas están asociadas específicamente a un árbol, mientras que las primeras erraban libremente por los bosques.

Fatas italianas: Son las hadas italianas que forman parte de una estirpe muy antigua y aristócrata. Cuando veas a una anciana cargada de leña por el camino, ayúdala a llevar su carga porque, seguramente, se tratará de una fata que desea poner a prueba a los hombres, en cuyo caso cambiará su aspecto achacoso por el suyo verdadero y colmará de dones y bienes al feliz mortal que la haya ayudado.

Gente menuda de Cornualles: Son pequeños seres de gran corazón, muy queridos por el pueblo. Son muy pequeños y sólo pueden adoptar forma de pájaro, pero cada vez que cambian de aspecto, al volver al suyo original disminuyen de tamaño. Estos tiernos seres viven bajo tierra y salen a los lugares floridos para celebrar sus fiestas cuando hay luna. Entonces los ves corriendo por los prados. Les gusta la danza y el baile. Son criaturas bondadosas que sufren con la soledad, por eso es frecuente verlas acompañando a ancianos y a enfermos que no pueden salir de sus camas.

Grig: Hada benévola, mujercita vestida de verde y con gorro cónico rojo, de nariz respingada y bucles rojizos. Confiere alegría y generosidad. Para obtener sus favores se realiza una ofrenda de manzanas pequeñas que se depositan en las ramas de algunos árboles.

Hada del avellano: El avellano es uno de los árboles frutales frecuentes en el "país de las hadas": primero porque crece en regiones templadas, y segundo, porque su fruto, la avellana, contiene una sola semilla de sabor muy agradable, y ya sabemos la afición de las hadas por los dulces. Pero, mortales, tengan mucho cuidado con lo que hacen a la sombra de un avellano, porque dicen que aumenta la fertilidad. De este árbol también se dice que concede sabiduría al mortal que lo come. Se cuenta que el hada que vive en él es una hadita dulce con ropas de color del avellano que ayuda a los mortales.

Hada del espino: Otro árbol protegido por las hadas es el espino, sobre todo el espino blanco, que da a los númenes poderes mágicos. Si destruyes un espino, privas a las hadas de parte de su poder, por lo que éstas impedirán a cualquier precio que lo logres. Pero el poder de estos árboles aumenta si los encontramos juntos: dicen que cuando un roble, un fresno y un espino crecen cerca, si se ata un hilo rojo que junte una rama de cada árbol, se crea una fuerte protección contra los malos espíritus. Sobre el hada que habita en el espino se dice que si cortas una vara sin su permiso, recibirás golpes por todo el cuerpo con sus ramas.

Hada del manzano: En el mundo de las hadas también se les asocia con los manzanos, los cuales tienen un poder peligroso. Si cometes el error de dormir profundamente bajo un manzano, puede suceder que las hadas te descubran antes de que despiertes y te lleven con ellas. Otra advertencia sobre los manzanos es que cuando recojas fruta, nunca debes arrancar la última del árbol, porque las hadas odian a las personas avariciosas que lo quieren todo para sí, y el espíritu del manzano podría vengarse y no dar fruta para la cosecha siguiente.

Habetrot: Era una bruja de avanzada edad (quizá 70 años, aunque nunca se supo con exactitud) llegada de Gran Bretaña y conocida por haber conseguido recientemente dominar los cuatro elementos, alcanzando el equilibrio entre ellos.

Madremonte: La madremonte impera en la selva, rige los vientos y las lluvias, así como toda la naturaleza vegetal. No tiene representación definida, lo que le presta un carácter de deidad de alta categoría. La madremonte vive en un rincón de la selva, a la sombra de una gran piedra. Cuando viene la época de las crecidas de los ríos, cuando llueve mucho por las cabeceras del río, el agua baja revuelve y arrastra en su corriente toda clase de despojos. La imaginación popular dice que la madremonte se bañó en el río y contaminó deliberadamente las aguas para que ningún mortal pretenda lavarse en ellas. La desobediencia es castigada con ronchas y pústulas en la piel.

Mari: Es una divinidad de sexo femenino que vive en los montes de Euskal Herria. Lo que la hace inconfundible es que puede volar. La cultura vasca es anterior al cristianismo, y se duda de que este nombre tenga relación con el diminutivo cristiano de María. Lo más probable es que este nombre proceda de Maire o Maide (genios de los montes constructores de dólmenes) o de Maidi (las almas de los antepasados que visitan de noche sus antiguos hogares). Se conocen tantas maris como montes de considerable altura hay. Se les conoce también con los apelativos de bruja, señora o dama.

Melíades: Se dice en Grecia que cuando Cronos mutiló a Urano, su padre, brotó mucha sangre y de ella salieron las melíades. Los griegos asociaban el fresno con la sangre; estaban seguros de que las melíades eran las guardianas de este tipo de árbol. No conocían el lado maternal de estas dulces hadas que, incapaces de hacer algún daño, decidieron que las ramas de los fresnos que ellas protegían servirían para cuidar a los niños. Cuando algún niño se perdía en el bosque, las melíades lo recogían con toda dulzura y lo llevaban en brazos hasta el centro del bosque donde debajo de las copas, en el suelo, ponían una sábana en la que dejaban dormir a los niños hasta que los rayos del sol comenzaban a salir. Cuando ya era de día, se hacían invisibles, pero movían con fuerza las hojas para que los familiares pudieran encontrar el camino que los llevaba hacia el niño.

Oréades: Según la mitología griega, las oréades son las ninfas que custodian y protegen las grutas y las montañas. Una de las oréades más famosas fue Eco, que, privada por la diosa Hera de la facultad del habla, sólo podía repetir las últimas palabras de lo que se le decía.

Portunes: Seres diminutos muy simpáticos. Aparecen con frecuencia en los relatos medievales y tienen el tamaño de un dedo. Las portunes son pequeñas hadas agrícolas, también bondadosas con los hombres, a los que ayudan en el campo. Les gusta la vida pacífica y se divierten gastando bromas, pero bromas siempre inocentes. Entre éstas se cuenta que si descubren a alguien durmiendo en el campo, comienzan a dar saltitos en su cara para despertarlos o se meten en sus sueños.

Seligen: Originarias del Tirol, las seligen habitan los bosques austriacos, alemanes y suizos. Protegen los bosques y los animales que en él viven, ayudan a los hombres en sus tareas. Cuando los campesinos están segando, les ayudan en su labor. Son muy trabajadoras, ordeñan y guardan el ganado, hacen crecer las cosechas más deprisa o siegan a gran velocidad. Es frecuente verlas por los bosques protegiendo a los gamos y ciervos de los cazadores; para evitar que hieran a sus animales, los protegen haciéndoles a los suyos errar los disparos. Miden más o menos metro y medio de altura, y son de cabello largo y rubio y de ojos azules. Les gusta la danza, jugar con sus animalitos y vivir en paz. Sólo tres cosas pueden alejarlas de los hombres: que les toquen el pelo, las maldigan o las llamen por su nombre propio; entonces desaparecen.

Los sueños de una flor

Mayka no recordaba más su pecado, había olvidado casi por completo que estaba aquí por castigo. Se había adaptado tan bien a la vida de los humanos que raramente extrañaba su otro mundo. Se hallaba siempre ensayando o en alguna de las giras de la compañía de ópera para la que ella trabajaba. Pero siempre, secretamente en su corazón, deseaba enamorarse, con la misma fuerza con la que se enamoraban los personajes de sus obras. Lo había visto tantas veces en películas, lo había leído en libros, lo había escuchado tantas veces en las canciones; incluso lo había representado en múltiples ocasiones pero sólo lo podía imaginar, porque ese poder nuevo del amor, parecía estarle negado, al menos desde que ella recordaba.

Sentía estar cada vez más lejos de enamorarse, mientras avanzaba el tiempo en su vida mortal. Le parecía que había pasado una eternidad desde que había venido aquí; al principio, los días le parecían muy largos, hasta que un buen día encontró lo que quería hacer el resto de su vida mortal: cantar. Eso era lo que más se parecía a estar en libertad en los bosques y riachuelos de su origen primigenio. Cuando cantaba se paraba el mundo a escucharla, y nada podía ser más conmovedor que escuchar su dulce voz en una ópera como Lakmé o Madame Butterfly. Su voz era de una tristeza infinita, como de hada expulsada, como de mujer que nunca ha conocido el amor. La voz de Mayka estaba hecha para entristecer más que para consolar o alegrar los oídos de los humanos. Era una voz irreal, como su origen, y era casi inevitable escucharla y no llorar, así como era casi inevitable escucharla y no recordar el momento más triste de la vida. Ella lo sabía y por eso le gustaba cantar y, cuando lo hacía, su voz se elevaba sobre la música de la orquesta y ella imaginaba que llegaba al reino de las hadas; era su

forma de llorar desde el exilio, su nueva condición. Se regodeaba de crear esta nostalgia en los humanos, y también se daba cuenta de que eso era un poder, uno de los pocos que le quedaban.

Un día, ensayando Lohengrin, de Wagner, descubrió entre las butacas del teatro un rostro que, sin saber por qué, le pareció conocido. Sin duda había llamado su atención desde el principio; y una vez acabado el ensayo se dirigió hacia el joven que estaba sentado estático sin dejar de mirarla. Se dirigió hacia él como guiada por una mano invisible, que le hizo olvidar su timidez al momento de aproximarse. Le preguntó su nombre, pero el joven se quedó callado mirándola con tristeza; ella siguió preguntándole de dónde era. El extraño sonreía con un rastro de melancolía en la mirada. Mayka no comprendía nada, pero sentía de pronto una atracción irrefrenable por aquel hermoso forastero, que iba creciendo conforme el silencio despertaba, hasta que el hombre habló y le suplicó que no le preguntara su nombre ni su procedencia, porque si él respondía a estas preguntas, entonces tendría que desaparecer. Ella asintió y jamás volvió a preguntar algo que intuyó al instante. Fue algo muy interesante ver cómo dos extraños se acoplaban tan fácilmente, como si se conocieran de toda la vida. Así comenzó todo, con un ensayo más de Lohengrin y una larga caminata por la ciudad. Al final se abre el telón y en el escenario aparece Mayka acompañada de Diana; las dos cantan el acto del dueto de la flor en medio de un campo de flores. El público, embelesado, admira a las dos cantantes, mientras que una parece buscar entre el público el motivo de su voz; finalmente, lo encuentra y sonríe fugazmente. Ella está enamorada, pero nadie más lo sabe, pues siempre han sido así los secretos insondables que guarda el corazón de una mujer.

El bar de las hadas jubiladas

Eran mis últimos días en Madrid y mi amigo Isi llegó de Zaragoza a despedirme. Pasé por él a la central de camiones foráneos. Casi no tuve que esperar nada cuando vi que llegaba el nocturno de Zaragoza. Me adelanté a recibirlo a la puerta del camión y lo saludé con un enorme abrazo. Platicábamos de ida al departamento lo que haríamos esa misma noche entre risas y burlas, entre el calor del metro y los empujones madrileños.

Llegamos al piso a dejar las cosas de Isi y enseguida salimos a caminar por el centro de la ciudad, que estaba muy cerca de ahí. Caminábamos entre el frío de enero y las calles que yo no acababa de conocer por completo; Madrid, con sus preciosos edificios iluminados, sus bares viejos y los bares extremadamente *in*. Íbamos sin rumbo, olisqueando en el aire helado los olores del calamar frito y el humo de cigarros. Paramos en un bar a comer algo y beber unas cañitas, mientras seguíamos hablando como si fuera (y en verdad creo que así fue) la última vez que nos veríamos. Había poco tiempo para decirlo todo. Entre cervezas, calamares y quesos, bromeábamos sobre el futuro de nuestra amistad y de nuestras "exitosas carreras". La estábamos pasando tan bien que el tiempo volaba sin darnos cuenta; salimos de ahí bastante tarde para seguir caminado por las calles de putas y *sex shops*. Como ya no alcanzamos metro de regreso, seguimos andando hasta la casa, bajo la promesa de que al día siguiente por fin podría cocinarle el mole que le había traído tiempo atrás desde México. Llegamos al departamento y todos se habían ido a dormir, pero nosotros no queríamos dormir, había que seguir la fiesta, así que después de una breve escala técnica salimos a la fría madrugada a buscar un bar.

Caminamos unas cuantas cuadras, las suficientes para helarle las narices a cualquier persona, cuando de repente, perdido en la oscuridad, se asomó ante nosotros un pub irlandés de poca monta. Una sugerente invitación a seguir la borrachera. Entramos. La atmósfera estaba cargada de humo de tabaco, había muy pocas personas, todos ellos personajes sacados de cuentos. El cantinero era un anciano con cara de *junkie,* que apenas escuchó mi acento mexicano, sacó una botella de tequila y nos sirvió unos tragos, acompañándonos a brindar. Al lado de la barra estaba una mujer bastante entrada en años que ya estaba muy borracha y platicaba en voz alta a todo el mundo lo que le habían hecho una vez las hadas en Galicia. Isi y yo nos reímos muy discretamente, sin poder dar crédito a lo que estábamos presenciando. Al lado de nosotros, en frente de una mesa, había unos tres o cuatro borrachitos que parecían ser la familia de la dama aquella o del cantinero. Hablaban entre ellos y discutían y brindaban, y les hacía gracia que una mexicana (otro personaje extraño más) estuviera en ese lugar detenido en el tiempo y olvidado de la mano de Dios.

Uno de ellos empezó a cantar "Cielito lindo" y a hablar como mexicano. La estábamos pasando bien, de hecho desde que había llegado a ese país no me había sentido tan a gusto. Era como meterse a una reunión familiar por equivocación y de repente formar parte de ese ambiente fraterno entre borrachos amistosos. El bar era una muy pobre imitación de un verdadero pub irlandés, los muebles eran viejos y estaban muy sucios, las mesas rayadas y dispares, la rockola sólo tenía canciones de los años 30 y la vitrina de las botellas guardaba el polvo de una eternidad, además de tener flores artificiales por todo el lugar. En pocas palabras, el lugar aquél era verdaderamente *kitsch.* Pero con todo y eso la pasamos de maravilla, bailamos, cantamos y, sobre todo, bebimos como desquiciados. De regreso a la casa a eso de las cinco de la mañana, nos quedamos dormidos como bebés.

Al día siguiente, mientras preparaba el mole y hablaba con Isi sobre la aventura de la noche anterior, nos reímos de cada cosa que habíamos hecho y visto ahí, pero nuestra burla especial fue para aquella mujer que tan mal hablaba de las hadas. ¡Qué chifladura! Decidimos llamarle el bar de las hadas jubiladas.

Después de comer me dijo que necesitábamos tomar una cerveza por ahí, y yo le sugerí que regresáramos al pub ese de la dimensión desconocida. Se rió mucho de mí, pero asintió, y así pues nos dispusimos a caminar de nuevo hasta el mismo lugar a saludar a nuestros colegas borrachines.

Lo que ninguno de los dos pudo imaginar es que por más que lo buscamos, fue imposible encontrarlo. Era la misma calle, a la altura del mismo restaurante de comida ecuatoriana, exactamente el mismo escenario; pero el bar se había ido. Ambos reconocimos que estábamos muy borrachos y que quizá por eso no recordábamos bien la ubicación correcta del lugar, sin embargo, yo prefería pensar que, en efecto, habíamos estado en el bar de las hadas jubiladas.

Hasta el día de hoy recuerdo ese día, y cada que lo hago, una sonrisa va a parar hasta Madrid, hasta Zaragoza, y hasta el bar de las hadas jubiladas que quizá algún día se vuelva a aparecer.

Obsesión

Nunca había tenido a nadie en su vida, era un tipo solo, un huérfano que se abrió camino en la vida con la única ilusión de encontrar algún día la familia que el destino le había arrebatado una vez.

Pero un día, como si hubiese formulado un deseo al aire, con la misma presteza de un hada madrina apareció Elena en su vida, y se casó con ella amándola como ningún hombre había amado a un hada; con la felicidad que da el estar junto a la persona indicada, con las ilusiones puestas en un amor infinito que parecía guiarlo en cada gesto, en cada detalle. Los años pasaron y, cuando menos lo esperaba, una nube en su pensamiento, le hizo comenzar a dudar del amor de su esposa.

Aún no estaba seguro de lo que pasaría si Elena se iba de su vida, había pensado tantas veces que tenían el matrimonio perfecto; y de un tiempo para acá, ella simplemente parecía haber dejado de amarlo, la peor parte era que él la seguía amando con la misma intensidad de siempre, y que el sólo imaginar la vida lejos de ella le parecía una pesadilla, de ésas de las que uno simplemente no despierta. Y aunque Daniel solamente estaba especulando, había dejado de sentir los labios de su mujer rozándole el cuello y las caricias de sus manos deslizándose por su espalda al anochecer.

Elena sencillamente había levantado un muro invisible entre los dos, y parecía estar ausente de todo; contestando automáticamente a las preguntas de su marido con monosílabos, sin siquiera voltear a verlo; y era entonces cuando todos los pensamientos de Daniel se tornaban en horror, en el silencio de las noches vacías sin el cuerpo de Elena, sin su voz al despertar en las mañanas, sin el olor de su cabello, sin sus manos tibias en la noche. Pero no, primero la mataría, ella no se alejaría de él.

Fue así como Daniel estuvo pensando en la manera ideal de retenerla, pasó toda la noche pensando, dando vueltas en la cama, y al día siguiente aún seguía meditando, apartado de todo, decidido a dar con una solución. Se había vuelto loco, obsesionado con la idea de tenerla siempre a su lado.

Así pasaron varios días y noches, incluso buscó en los cajones de su estudio hasta encontrar la 22 que le había regalado él mismo a Elena para su protección, para cuando él no estuviera allí para defenderla de algún peligro. Daniel había tomado una determinación.

Pero las hadas no mueren, eso ya lo deberías saber; la noticia corrió esa mañana por todo el barrio, con la velocidad que las malas noticias suelen tener. Daniel se había dado un tiro en la sien. Jamás permitiría que Elena se apartara de él, siempre estaría con ella, y la amaría, aunque ya no pudiera siquiera percibir el perfume de su cabello, ni sentir sus pies fríos debajo de las sábanas de la cama.

Áine

—Cada estrella que ves en el cielo es un deseo pedido, y cuando el cielo está sin ninguna, es porque todos los deseos se han cumplido.

Esto decía mi abuela cuando me llevaba casi dormido por entre el pasillo hacia el cuarto, en esas noches que parecían estar tejidas con sus leyendas, y que me hacían soñar con una calma dulce. Cuánto le quería yo, y cómo me gustaba quedarme junto a ella en las noches de tormenta. Me explicaba que los rayos eran ruidosos, porque la naturaleza estaba enojada, y que junto con el destello de luz tan intenso que emitían al caer, encontraban la combinación ideal para llamar la atención de aquellos que le hacían daño. Era como una forma de decir: "¡Oye, me lastimas!"

Mientras tanto, yo creía que las noches sin estrellas eran las más felices. Vivía en el mundo fantástico que mi abuela me había creado; se había dado a la tarea de pintarme la vida de una manera tan poco ordinaria, con sorpresas escondidas hasta en las cosas más pequeñas. Me contaba historias hasta cuando íbamos a comer.

—Cada fruta o vegetal nos transmite un tipo de poder, mismo que se puede olfatear e incluso escuchar en cada uno de ellos si les pones atención.

La verdad, yo nunca escuchaba nada, pero había algo en mi abuela que me hacía creer que no sólo eran trucos para que yo comiera los vegetales.

Me hablaba de las flores. Ella tenía cientos de macetas esparcidas por la casa, todas de un tipo diferente; me decía sus nombres y a veces también las historias del porqué se llamaban así, o por qué tenían ese olor en particular.

Decía que las colocaba en diferentes macetas porque las flores siempre habían sido vanidosas, sobre todo celosas de su belleza y aroma; por eso no soportaban compartir su espacio con otras, ni mucho menos oler un perfume ajeno.

Así pues, el viento que sentíamos en el rostro eran las caricias de natura, a veces suaves y cálidas, otras veces toscas y frías. La lluvia al caer era el alimento que daba la madre a sus hijos.

A veces pasaba tardes enteras contándome leyendas fantásticas y cuentos en los que nunca faltaban trasgos, elfos o gnomos que ella pudiera incorporar en el hilo de la historia una y otra vez. Para mi abuela no había otra explicación que diera a mis preguntas de niño, que no estuvieran fundadas en la naturaleza.

Ella nunca me inculcó creencias religiosas, a menos que por religión se pudieran entender todos los espíritus que habitaban en los bosques, y en uno que otro elemento como el agua. Principalmente me hablaba de las hadas, en especial de las banshees de Irlanda; decía que con sus lamentos comunicaban desgracias o la muerte de las personas, así que si había una persona enferma, que no hubiera podido ser curada por la luz de la luna en el cementerio Lough Gur, y escuchara el llanto de una banshee, entonces sabía que se acercaba su muerte, y aprovechaba para ponerse en paz con las personas que le rodeaban.

Ella me llenaba la cabeza de magia con cada palabra que brotaba de sus labios. Hacía que sintiera una fascinación por la vida como nunca la volveré a sentir.

Vivíamos, en cierta forma, apartados. Los vecinos debieron haber pensado que estábamos locos. Yo no salía de mi casa, mi abuela no lo permitía porque sabía que si lo llegaba a hacer, la magia se perdería. Yo no sentía ganas de hacerlo.

Mi abuela era la persona más tierna y cálida que jamás he conocido. Me amaba tanto que trató de alejarme de todo lo malo

que existía traspasando la puerta de nuestra casa. Conjugaba su magia de hada con el amor que sentía por mí. Cuando murió, la magia terminó. Yo tuve que enfrentar un mundo que apenas conocía. Resultó difícil adaptarme a la vida, pero lo que más extraño, es la voz azul de Áine al acostarme.

Una vez, leyendo un poco de seres sobrenaturales de la mitología irlandesa, llamó mi atención un pequeño párrafo en el que encontré el nombre de mi abuela. Decía lo siguiente: Áine: hada protectora de los muertos que bajan al infierno, y de los fetos en la matriz de sus madres.

Un hada más

Mi nombre es lo de menos, hace años que me gusta frecuentar los bares de la ciudad, soy una de esas fanáticas de las bebidas nuevas; hace poco salió una nueva que llamaron "hada verde". Me dio mucha risa.

Lo que más me gusta son los hombres; pueden ser feos, guapos, jóvenes o viejos, siempre estoy dispuesta a complacerles por más estúpidos que sean. Soy el hada de los deseos; sí, de esa clase de deseos. Al igual que la hadita de los dientes o las hadas madrinas que ayudan a la gente, yo también hago lo mío. Cuando un hombre me necesita lo huelo, lo intuyo y no hay límite para los deseos; me encanta deleitarlos, sin importar que a veces me roben dinero o me golpeen. Soy el hada de los deseos y mientras me los tiro puedo cobrar la forma que ellos quieran, así como el color y la textura de mi piel, de acuerdo con los sueños de cada mortal con el que estoy. Soy una mujer distinta cada vez que me toman, soy como una copa de la cual no se sacian nunca.

Mi cuerpo no envejece ni enferma, no tiene edad ni se cansa, y siempre estoy buscándolos. Solos, apartados en la barra de alguna cantina o bar, sentados en la trágica banca de un parque o en algún transporte público; siempre hay más de uno que desea pedirme algo que yo puedo darle. Y cuando he terminado busco a otros. La vida en este mundo me fascina, me gusta hacer felices a los hombres, mitigar su soledad, olvidar su dolor; aunque sea por unas horas o unos días. Hay tanto por hacer en este lugar, tantos deseos que conceder, que no hay demasiado tiempo para cada uno de ellos.

—No, no señor, yo no estoy loca, suélteme, yo soy el hada de los deseos.

La anciana del bosque

Cuentan que hace ya mucho tiempo, cerca de aquí pero en un reino paralelo, un hada se enamoró profundamente de un hombre; y al saberlo sus familiares, la acusaron con la reina de las hadas, quien muy enojada ordenó su castigo escondiendo su hermosura, y enviándola a vivir con los humanos bajo la apariencia de una anciana.

Una vez viéndose bajo aquel hechizo y habiendo traspasado la dimensión hacia este mundo, lo primero que hizo fue correr a buscar a su amado. Cuando al fin lo encontró a la sombra de un avellano, le explicó quién era ella y todo lo que había pasado en el reino de las hadas. Pero aquel hombre, horrorizado por el exterior de aquella vieja, la rechazó inmediatamente, argumentando que lo que amaba de ella se había perdido.

Cuatro años pasó la desdichada llorando su castigo; mas un día se dio cuenta, al fin, de que un amor como el de aquel hombre, más valía la pena dejarlo en el olvido. Y comenzó aquella anciana a utilizar la magia nueva que en este mundo había aprendido. Practicó la bondad, la gentileza y el cariño, lo hacía por igual entre todos los seres que se acercaban a ella, a pesar de su semblante derruido. Fue así que comprendió que el amor en este mundo tiene formas diferentes y en cada una es siempre bien recibido.

Pasaron otras cuatro hojas de otoño más, y la reina de las hadas, que había observado con cuanta humildad se había conducido, deseó de repente compensar tan terrible castigo. Decidió al fin devolverle la hermosura que le había sustraído; quiso presentarse ante el hada y regresarle la magia que un día había destruido. Se dirigió hacia ella y le dijo:

—Ya has sido lluvia y escurrido muchas veces por las hojas de los pinos.

—Has entendido que sólo el amor podría salvarte de todo lo que te deparó el destino. Te devolveré al reino de las hadas, donde estarás siempre segura, tan hermosa como siempre e incluso con tu magia de vuelta.

Pero algo sucedió en este cuento de hadas, algo que no habíamos imaginado; y es que ella no quiso belleza ni magia y pidió humildemente a la reina de las hadas la dejara así, tal y como estaba, porque de esta forma ella notaba que únicamente la gente de buen corazón se le acercaba; y así su castigo hacía tiempo que se había convertido en dicha. Entonces, anheló le regalara su vida mortal. La reina de las hadas, aún sin comprenderla respetó sus deseos, y dando un beso a la anciana borró para siempre su memoria de hada, pero a cambio prometió ayudarla siempre que ella lo necesitara, y dando una vuelta en el aire desapareció, dejando sola a la que un día tanto sufrió.

Nuestra hada se quedó un poco triste por no recordar nada de su vida anterior, pero se consoló después cantando una vieja canción que una niña del pueblo le había enseñado. Sonrió con todos sus dientes y caminó hacia la plaza.

Dicen los que llegaron a conocerla que era una ancianita tan dulce como el turrón, y que vivió largo tiempo cerca del bosque, donde la visitaban únicamente personas buenas como tú y como yo; y que hasta un novio muy viejito y gentil se consiguió.

El rapto de los mundos

Siempre supe que era muy afortunado al tener una madre como la que tenía. Me había enseñado a tocar el piano desde los cinco años y ni un solo día de su vida había dejado de enseñarme algo asombroso; pero de entre todas esas cosas, el regalo de la música fue siempre el más especial. Tocaba el piano como ninguna otra pianista que yo hubiera escuchado en discos o recitales. Mi madre imprimía en cada nota que tocaba algo indescriptible, casi mágico, algo que llegaba hasta las más ocultas y olvidadas fibras sentimentales en la memoria del corazón de todo aquel que la escuchaba.

Pero, sin duda lo más increíble de mi madre es que aún siendo ciega podía describirme los colores, los contornos de los paisajes, de las cosas y de las personas, como si pudiera verlas. Tenía una enorme capacidad de vislumbrar, intuir e imaginar como nadie más en este mundo. Algunas veces pensaba que mi madre no pertenecía a este lugar en la Tierra; para mí, los ciegos en general eran personas especiales; y es que a comparación de nosotros, los ciegos creen firmemente en lo que no pueden ver.

Nos sentábamos en las tardes a escuchar sus discos de jazz, y mientras Billie Holiday cantaba con su dolida voz de telón, mi madre y yo nos divertíamos; ella cantando como si fuera Billie, y yo tocando el saxofón o el piano con torpes y fingidos movimientos. Era bueno estar vivo. *"Living for you is easy living. It's easy to live when you're in love."*

Pero hay algo de mi madre que jamás me había atrevido a contar hasta ahora, y es que antes de internarla en el hospital solía tener visiones de cosas que estaban a punto de suceder, y eso me atemorizaba mucho porque casi en todas sus predicciones había una que otra muerte de familiares o amigos cercanos, o bien desgracias económicas o naturales que rondaban a nuestros conocidos. Había algo en especial que me aterraba de sus revelaciones, porque casi en todas ellas mencionaba una vida pasada o quizá futura a la que realmente deseaba llegar o regresar. Una vida diferente donde su cuerpo no necesitaba de materia y se movía libremente por los prados más bellos del bosque, por las más candentes arenas del desierto o por las olas de los mareos o la tibieza del viento. Yo sabía muy bien que ella la ansiaba, aunque estuviera feliz con nosotros, y temía que ella, tarde o temprano, nos dejara. Es curioso, pero ahora que lo cuento no me parece tan descabellado como cuando lo pensé por vez primera, pero no me hubiera sorprendido si alguien me hubiera dicho que mi madre parecía un hada perdida en este mundo, inserta en un cuerpo infinitamente limitado como para permitirle volver a su forma original.

Conforme los paroxismos de revelaciones se intensificaban, mi intuición se despertaba cada vez más, y ya incluso organizaba cómo sería la vida cuando ella no estuviera más con nosotros. La certeza de la ausencia de mi madre me dolía de la misma forma en la que me alegraba saberla feliz en otro lugar, más plena, más realizada y más ella misma.

El día llegó, y aunque no quise cerciorarme de que efectivamente se había ido, me tomó toda una semana acostumbrarme a la idea de que sería para siempre. Yo he seguido con mi vida, los conciertos van bien, pero a veces cuando pienso en mi madre, me gusta imaginar que mi madre ahora es un hada.

Robin Goodfellow o el espíritu de la vieja Inglaterra

Robin Goodfellow halla sus orígenes en una leyenda inglesa que cuenta sobre un niño nacido de un padre hada y una madre mortal, que es criado en el mundo de los humanos. Normalmente, los varones del pueblo de las hadas demuestran un nulo interés por las mujeres humanas, por considerarlas poco agraciadas y torpes. Pero el mismísimo rey de las hadas, Oberón, se enamoró de una bella mortal (una campesina en los tiempos del rey Ricardo Corazón de León) y de esa unión amorosa nació Robin Goodfellow.

Oberón dejó a Robin con su madre, en vez de llevarlo a la comunidad de hadas para ser criado ahí; pero a cambio le concedió el poder cambiar de forma a placer, siempre que lo necesitara para castigar o ayudar a los mortales. El niño creció hasta convertirse en un atractivo joven, el cual por referencias de aquellos que lo conocieron, pues él mismo les reveló su identidad, dicen que lucía como un magnífico inglés medieval. De rostro sonriente, curtido por el viento, y cuerpo robusto vestido con jubón y calzas. Sin embargo, con un ligero aire que lo diferenciaba del resto de los campesinos de hace 800 años. Un especial brillo en la mirada que dejaba ver la seguridad propia de la combinación de ambas razas, como si el mismo tuviera un conocimiento especial que los mortales jamás podrían tener.

Robin Goodfellow es también un amante insaciable e irresistible para las mujeres, en general cocineras y lecheras a las cuales siempre está dispuesto a ayudar en su afanoso trabajo. Se rumora que incontables descendientes de Robin viven actualmente en los campos ingleses, los cuales han heredado al menos una pequeña cantidad de su sangre de hada.

Goodfellow es un personaje de muy buen carácter y rara vez cambia de forma, a menos que se sienta decidido a castigar a algún abusador de la gente pobre. Una de sus travesuras favoritas es transformarse en el doble del caballo favorito de algún ricachón, para así poder arrojar al jinete a algún río helado.

No se le ve mucho en los últimos tiempos, ya que según avanza la civilización por el campo inglés, él se va retirando poco a poco a los escasos bosques que quedan o a las cimas de las colinas más altas. En las tardes de verano, algunos campesinos lo han visto recostado con una sonrisa triste en los labios. Es el espíritu de la vieja Inglaterra que recuerda todo lo que se ha perdido a cambio de los regalos de la modernidad.

Shakespeare utiliza el mito de Robin Goodfellow para realizar su personaje de Puck, en *Sueño de una noche de verano,* convirtiéndole en un duende malicioso que no parece ser únicamente un fabricante de travesuras, con un sentido del humor muy torcido. Pero este encantador y malicioso duende shakesperiano, se convirtió en parte del imaginario colectivo con respecto a Robin Goodfellow, y quedó así en la memoria de las leyendas inglesas.

Hadas del agua

El mar encierra las leyendas que debes saber, en él habitan las hadas que deseas conocer. Los espíritus del agua pueden ser hallados en lagos, ríos, estanques, manantiales, pozos, fuentes, cascadas y el mar o sus orillas. Aman especialmente las aguas móviles, como las de ríos y cascadas, pero todo medio acuático puede ser un buen hogar para estas hadas. Siempre se ha creído que detrás de la caída de agua de una catarata o un salto están las puertas secretas del mundo mágico hacia su reino.

Glosario

Asrai: Frágiles hadas que viven en los lagos ingleses. Suelen tener la altura de un niño, el cabello verde y la piel blanca. Son tan delicadas que no puede rozarles el sol, pues un solo rayo puede hacer que se desvanezcan y diluyan en el agua, es por eso que no pueden vivir en la Tierra, sino en el fondo de los ríos. De noche salen a la superficie para mirar la luna.

Donas d'aigua: Como el resto de las hadas, coinciden los testimonios en describirlas como jóvenes hermosas. Viven en los bosques próximos a los lagos y estanques, donde acuden las noches de luna llena a lavar sus ropas o a hilar. También les gusta la danza, los juegos y cantos, a veces muy peligrosos. Cuentan que con sus mágicos cantos pueden atraer a los jóvenes y, ya hipnotizados, arrastrarlos al fondo de las aguas hacia sus ricos palacios.

Doncella cisne: En los ríos europeos encontramos una larga tradición de mujeres que se convierten en cisnes. Estos relatos siempre tienen unos puntos en común: un hombre asiste al baño de una hermosa mujer o varias mujeres, todas de gran belleza, y roba el manto de una de ellas. Ante esta pérdida, la joven, que no recupera su piel, se ve obligada a permanecer con el hombre. En algunos de estos relatos las doncellas, cuando quieren al hombre, lo ayudan a superar las pruebas que le impone el padre de ésta para llevársela.

Doncellas de los lagos: Las doncellas del lago reflejan una serenidad permanente. Las hadas del lago son siempre muy hermosas, de piel suave y delicada, cabello dorado y ojos verdes. Suelen ser bondadosas con el ser humano, y muchas son las historias de amor que se cuentan entre éstas y los mortales.

Gwragged Annwn: Hada benévola, perteneciente a la familia de las doncellas del lago. Es un hada acuática, hermosa, deseable y de largos cabellos con rizos dorados. Confiere belleza y poder de seducción a las mujeres; y sensibilidad y secretos de la medicina a los hombres. Para obtener sus favores hay que encaminarse vestido de azul al borde de un lago y depositar en su orilla un pan sabroso y caliente.

Korrigans y lamignaks: Protegen las fuentes y los arroyos. Korrigans es el nombre que se da a las guardianas de estos lugares en Inglaterra, lamignaks en el País Vasco. Aunque pasan muchas horas cerca de las fuentes y manantiales, su hogar lo tienen bajo el suelo en cuevas. Las lamignaks, por ejemplo, prefieren adornar las grutas subterráneas. A las korrigans es muy difícil verlas de día, la luz de la noche las embellece. Entonces salen a la superficie próxima a las fuentes, y allí disfrutan peinando sus cabellos, bañándose en las aguas y entonando bellas canciones. Las lamignaks prefieren la luz del día y no aparecen en la superficie hasta que amanece.

Mujeres del río: Se conoce así a unas jóvenes hadas que destacan sobre las demás por su juventud y belleza. De piel blanca y suave, pelo dorado y ojos verdes, es frecuente verlas a la orilla de los ríos peinándose el cabello mientras esperan que aparezca algún hombre. Entonces explotan todo su encanto, los miran como sólo puede mirar un hada y sonríen llenando de luz el paisaje. Sólo tienen un defecto, sus pechos son tan largos que se los pueden echar sobre las espaldas, pero suelen esconderlos tapándolos con sus largos cabellos.

Mujeres marinas: Casadas con los hombres del mar, ancianos con cola de pez que visitan la superficie y controlan las tempestades. Son jóvenes y hermosas, y los esperan en casa cuidando los hijos, ordenando la casa y protegiendo a los animales marinos. Viven en el fondo del mar, en palacios subacuáticos de gran esplendor. A las mujeres del mar podemos encontrarlas como peces, mitad mujer, mitad pez, focas; o mitad mujer, mitad focas.

Mouras: Eran divinidades o genios femeninos de las aguas. También eran los genios que guardaban los tesoros escondidos en el centro de la Tierra. En la noche de San Juan, las encantadas abandonan su forma de culebras, bajo la que viven todo el año en el fondo de pozos o riachuelos y toman apariencia humana. A veces ruegan a los caminantes que las desencanten, bajo la figura de una gentil doncella que promete tesoros y riquezas inagotables a quien rompa su encantamiento.

Náyade: Es el nombre que se daba en la mitología griega a las ninfas del elemento líquido y encarnaban la divinidad del manantial que habitaban. Eran seres femeninos de gran longevidad, pero mortales. Una fuente podía estar habitada por una sola ninfa, la llamada ninfa de la fuente, o por varias ninfas, todas iguales entre sí y consideradas hermanas.

Nereidas: Hadas del mar, son unas hermosas y jóvenes ninfas, de piel blanca y hermosa voz y que habitan en el fondo de los mares. Ayudan a los hombres en alta mar, sobre todo cuando hay tormentas, pues tienen el poder de controlar las aguas. Son muy conocidas en Grecia, Albania y Creta. Son muy celosas de su intimidad, no les gusta la presencia de los mortales y mucho menos la de los curiosos. Es tal su pudor que si te atreves a mirarlas mientras se bañan, te robarán la voz.

Ondinas: Dicen que podemos reconocer a las ondinas porque surgen del lago con la cabellera flotante y húmeda. Si las ves en la superficie las puedes reconocer porque el extremo del delantal blanco que llevan siempre gotea agua. Si un mortal comete el error de enamorarse de una y la sigue, una enorme ola lo arrastrará hasta ahogarlo. Actualmente se llama así a cualquier espíritu femenino que vive en una fuente o en un río.

Rusalki: Son las almas de las muchachas que se suicidaron tirándose a un río, por eso ésta es su morada. Viven en la orilla de los ríos rusos y rumanos y su pelo nunca debe secarse, porque se morirían. Como el resto de las mujeres del río, son de piel pálida, voz suave y largos cabellos rubios, pero no les gusta llevar vestidos, prefieren correr desnudas por la ribera o adornarse con hojas de los árboles. Es tal su unión con la naturaleza que tienen el poder de controlar las lluvias y el viento, y dicen que si bailan sobre un terreno, sin duda, la siguiente va a ser una próspera cosecha.

Sirenas: A Homero y a los griegos les debemos el nombre de "sirena". En la mitología griega eran ninfas del mar, hijas del dios marino Forcis, que tenían cuerpo de ave y cabeza de mujer. Su voz era tan dulce que atraían hacia las rocas a los marineros. Eran peligrosas, los hombres que las oían perdían el control; eran atraídos hacia ellas como hacia el imán, y ellas les llevaban hacia la muerte.

Selky: En los mares que circundan Orkney y Shetlandia, se albergan las tímidas selkies o hadas-focas (en Irlanda tienen el nombre de Roane). Una selky puede desprenderse de su piel de foca y llegar a tierra convertida en una preciosa doncella. Si un ser humano logra apoderarse de esa piel, la selky puede verse obligada a convertirse en una excelente, aunque melancólica, esposa. Sin embargo, si ella llegase a encontrar su piel, inmediatamente volverá al mar, dejando al marido languidecer y morir. Los machos desencadenan tormentas y vuelcan barcas para vengarse de la matanza sin razón de las focas.

Xanas: Unas hadas menuditas y bondadosas que habitan las fuentes asturianas son las xanas. Estas pequeñas y hermosas hadas, de apenas 40 centímetros de altura, suelen ir vestidas de blanco y dicen que sus ondulados cabellos son largos y rubios, y sus ojos verdes y transparentes. Habitan en cuevas cercanas a las fuentes, donde pasan la mayor parte del día y, entre las aguas, las xanas prefieren las fuentes de agua cristalina, en las que disfrutan jugando con la espuma.

La noche es de luna

Miraba la pequeña mesa que estaba junto al sillón, donde tantas horas había pasado leyendo y fumando, o simplemente pensando en cosas triviales.

Tenía una vida fácil, se lo había repetido muchas veces, sin embargo, no era una vida completa, al menos no para él. Trataba de no pensar en eso, y cada vez que lo hacía daba vuelta a sus pensamientos, pero no le servía de nada porque siempre regresaba a lo mismo; necesitaba a alguien junto a él, una mujer, la mujer perfecta que soñaba tener a su lado. Quizá éste era el problema porque la idealizaba demasiado. Había tenido tantas novias, pero ninguna que se acercara siquiera un poco a lo que tenía en mente. Estaba completamente solo, y al recordarlo se arrepentía de ser tan inconforme.

Era un asiduo coleccionista de objetos antiguos y extraños, aunque la mayoría de las veces los vendía a un precio más alto del que los conseguía. Pero un día al estar comprando una pieza de joyería, lo vio entre una gargantilla de plata y un anillo con diamantes; era un camafeo de marfil, pero no era uno cualquiera sino una obra de arte, así que quiso aparentar que no era nada del otro mundo para conseguir un buen precio, y lo consiguió. Una vez en su poder esperó a analizarlo mejor en casa, lo depositó en su bolsillo y caminó lo más rápido que pudo hasta llegar.

Al estar junto al objeto experimentó una sensación de mareo que él adjudicó a la excitación de haberlo conseguido muy por debajo del precio justo. Abrió detenidamente el pequeño paquete que lo envolvía, y al sacarlo del papel y mirar el rostro del camafeo, tuvo una visión acerca de la dueña y estuvo tan impactado que dejó caer el objeto al suelo, que se abrió por completo con el golpe

y dejó al descubierto la fotografía de una mujer; la mujer de su ensueño.

Instintivamente aspiró el perfume que por años había estado atrapado en ese pequeño objeto. Le pareció transportarse al río cerca del pueblo, parecía que estaba escuchando una voz tranquila que le llamaba por su nombre, una dulce voz lo invitaba a acercarse más y más. Despertó del ensueño y cerró el camafeo con el retrato dentro. Esa noche tuvo sueños demasiado inquietantes respecto a esa hermosa mujer que se metía bajo sus sábanas a tomarlo por completo entre risas y gemidos de placer. Alcanzaba a distinguir aquella voz que había escuchado despierto, la misma voz que lo llamaba a las afueras del pueblo, cerca del río.

Pero, ensimismado en las delicias de los sueños nocturnos, no prestó demasiada atención y se embelesó con esa mujer que se le ofrecía una y otra vez con la realidad de lo tangible. No sólo era la carne sino su presencia, su hermosura parecía fuera de este mundo, pues era una belleza mágica. Parecía haber encontrado a la mujer ideal. Lamentablemente para él, únicamente podía encontrarla a través de sus sueños.

Las noches de placer se repetían una tras otra y él encantado de poder disfrutar de aquel amor, parecía no notar que conforme la noche avanzaba, cada vez más se convertía en un esclavo de aquella obsesión. Una vez, mientras cenaba antes de irse a la cama, escuchó nuevamente la voz que se arrancaba de sus visiones y sueños, y creyó por un momento que esta vez era real el llamado que le hacía muy por encima del ruido de la tormenta de aquella noche. Decidido tomó su caballo y se dejó guiar por el dulce susurro de los labios que ya amaba. No paró hasta llegar a las afueras del pueblo, justo al lado de donde empezaba la parte más caudalosa del río aquel que lo llamaba a entrar en sus aguas. Bajó del caballo y se adentró en las aguas, persiguiendo a la dueña de aquella voz que lo esperaba del otro lado de la corriente. Por fin la podría tocar fuera del sueño, por fin se podría enredar en aquella larga cabellera rojiza que tanto había deseado volver a respirar. Al fin, los amantes se encontraron en la primera noche de luna de otras miles que les habrían de seguir. Dicen los que saben que en ese mismo río muchos locos han muerto, por la culpa de una ondina que los atrae a su remolino.

Julianna

Le pedí otra piña colada a la mesera mientras me quitaba las sandalias para hundir por completo mis dedos entre la arena caliente y fina. Me recargué en ese camastro blanco y nada más me importó estar ahí, en ese lugar; cerré los ojos, sonreí respirando la embriagante brisa cristalina como los recuerdos de Brasil; mi familia, mi vida. Así pasé un largo tiempo.

La mesera regresó despertándome del ensueño en el que me había vuelto hada, mariposa, niña otra vez; colocó la piña colada sobre la mesita de madera y me sonrió. Le devolví la sonrisa y pensé que por primera vez en mucho tiempo mi sonrisa había sido auténtica. Esa tarde me sentía feliz, extrañamente relajada. Eran casi las tres de la tarde, todavía me quedaba una hora libre para seguir disfrutando de aquella tranquilidad. Bastante cerca, alcanzaba a ver a Miguel metiéndose al mar junto con los paisanos, bebiendo cervezas, tirándose al sol y disfrutando del calor y de sentirse vivos. Me imaginaba a lo lejos a Alfonsina en una playa casi desértica metiéndose poco a poco al mar, dejando su vida tras de sí. Suspiré, le di un trago a mi coctel y abrí ese libro de poemas que tanto me gusta.

Cerré el libro y me di tiempo para observar el mar y a mis amigos. Qué diferentes nos veíamos todos sin usar el uniforme, era tan curioso cambiar tanto sólo por unas ropas diferentes; podía decir que nos veíamos más alegres, fuera de esa cárcel volvíamos a ser nosotros mismos.

Desde Playa del Carmen alcanzaba a ver la prisión; era preciosa, pero me entristecía tanto pensar en volver; de hecho, en cada salida me era más difícil regresar, cambiarme de ropa y de personalidad, dibujarme una enorme sonrisa y complacer a todos los clientes con

palabras amables y siempre tan servicial (si mi madre me hubiera visto). Complacía hasta el más mínimo capricho de los clientes (lo que hay que hacer por dinero). Al principio era divertido jugar a ser otra persona, siempre contenta, siempre derrochando alegría sin importar lo cansada que estuviera o que los malditos zapatos pesaran como si fueran hechos de piedra (más me hubiera valido, así saltaba por la borda y mis problemas se terminaban). A veces me ponía a pensar que quizá hubiera sido mejor negocio casarme con Joao y dejar que él me mantuviera como señora de la casa, una camioneta y dos o más hijos, sirvienta, y fingir como que hacía cosas todo el día de allá para acá. Pero no, no señor, a mí me gusta la aventura, me gusta viajar, conocer gente nueva, conocer lugares nuevos. Claro que todo eso tiene un precio. El precio que he venido pagando desde hace unos meses; aunque las fiestas de empleados me transporten momentáneamente a la felicidad de la embriaguez, cuando me despierta la alarma por las mañanas, tengo que asumir mi verdad. El problema conmigo es que siempre he hecho lo que se me ha dado la gana y ahora que vivo en calidad de esclava me cuesta mucho trabajo abandonar mi libertad de decidir, de actuar, de pensar y hasta de divertirme y descansar. El trabajo es bueno para el alma, pero qué pasa cuando el alma se empieza a sentir presa, cuando ya no hay gozo en ver nuevas tierras y el cansancio mental llega a sus límites.

Esa tarde, sentada a la sombra de mi vida, se desplazó mi mente a un lugar incierto pero más cálido, más mío; y como una sirena me senté en la playa a jugar con los granitos de arena de mi propio destino. Ya había pasado la hora que me quedaba para estar allí, noté cómo todos mis compañeros recogían sus toallas y sandalias y poco a poco se despedían de Playa del Carmen, esperando volver a reír, beber cervezas y sumergirse en las aguas transparentes en el siguiente crucero. Yo les observaba mientras seguía bebiendo mi piña colada hasta que la terminé. La mesera se acercó a preguntarme si deseaba otra, yo contesté que sí, y me quedé tendida al sol hasta que Miguel se me acercó para decirme que ya era hora, que teníamos que volver rápido al trabajo; le contesté que yo no podía regresar porque me había pedido otra piña colada. Me despedí de él, le di un abrazo por si nunca lo volvía a ver. Me recosté sobre mis brazos sosteniendo mi cabeza, sonriendo quizá más auténticamente que la primera vez, y observando cómo se alejaba el barco llevando mi último trabajo, mis maletas, mi ropa y una cantidad considerable de nuevos amigos que seguramente jamás volvería a ver. Adeus *"Jail of the seas"* yo me quedo aquí en la deliciosa tibieza de mi libertad, plantada a la mitad de la nada frente al mar y con otra larga aventura por delante.

La leyenda de Melusina

En realidad, Melusina pertenecía al linaje de las hadas. Jean D'Arras nos cuenta que era hija del rey Elinas de Escocia y el hada Pressina, quien la había castigado a adoptar forma de serpiente por haberse portado mal con su padre. Melusina se transformaría en serpiente de cintura para abajo cada sábado hasta que encontrase un hombre que se casara con ella aceptando (y manteniendo) la promesa de no verla durante ese día de la semana.

Melusina había vagado por todo el mundo, hasta que un día llegó al bosque de Colombiers y conoció a Raimundo de Poitou. La conoció en medio del bosque durante una noche funesta al principio de la cual, accidentalmente, había matado a su propio tío. Melusina demostró mucha diligencia: calmó al caballero e ideó una manera de evitar las sospechas que inevitablemente recaerían sobre él. Como era hermosa, Raimundo se enamoró de ella y le pidió matrimonio. Melusina aceptó, pero le hizo jurar que nunca intentaría verla durante un sábado, ni averiguar la causa de tal prohibición porque de ello dependía la felicidad de ambos.

Melusina resultó poseer muchas riquezas, y con ellas construyó a su marido un castillo, el castillo de Lusignan, al lado de una fuente a la que el vulgo llamaba "Fuente de la sed" o "Fuente de las Hadas". La pareja se instaló en aquella fortaleza, entre cuyos muros tuvieron nada menos que diez hijos. Por desgracia, cada uno de ellos nació con una extraña deformación: el primero era muy ancho y poseía unas enormes orejas; el segundo tenía una oreja mucho más pequeña que la otra; el tercero, un ojo debajo del otro; la mejilla del cuarto estaba cruzada por lo que parecía el arañazo de un león; el quinto sólo tenía un ojo, aunque su vista parecía sobrenatural; el sexto, al que llamaron Geoffroi el del Colmillo, contaba con un

único y gigantesco diente, y era muy feroz; el séptimo tenía una marca peluda en medio de la nariz, etcétera. Sin embargo, estas anomalías de su ascendencia no opacaban la alegría de Raimundo, que seguía estando muy enamorado de su mujer.

Pero un día, un primo suyo, envidioso de la prosperidad del nuevo linaje, le hizo creer que si Melusina no quería verle los sábados, tal vez fuera porque empleaba ese día para reunirse con un amante, insinuando que quizá aquellos a los que llamaba hijos no lo eran, con lo cual explicaría sus marcas de nacimiento. Al principio Raimundo se resistió a creerlo, pero un sábado, corroído por las sospechas y los celos, se escondió detrás de un tapiz para espiar a su esposa. La vio bañándose en una gran tina de mármol; estaba peinando sus cabellos como hacía habitualmente, pero de cintura para abajo, en lugar de piernas, tenía una gran cola de serpiente. En aquel momento Raimundio sintió una gran tristeza por haber roto el juramento que había hecho a su esposa, pues sabía que su felicidad estaba a punto de acabar, pero decidió guardar el secreto y no decir nada de lo que había visto, ni siquiera a ella; pensaba que con esto podría permanecer feliz un poco más.

Sin embargo, el mal ya estaba hecho. Poco después, su hijo Geoffroi se peleó con uno de sus hermanos, Freimond, y cuando éste se refugió en una abadía cercana le prendió fuego al edificio, causando la muerte de Freimond y de cien monjes más. Al enterarse Melusina acudió a consolar al conde, pero éste, presa del dolor, escupió las siguientes palabras: "¡Desaparece de mi vista, perniciosa serpiente! ¡Tú has corrompido a mis hijos!". Cuando escuchó estos reproches, Melusina se desmayó. En cuanto se recuperó, saltó al alféizar de una ventana y, tras desplegar unas alas de murciélago, se alejó volando del castillo de Lusignan.

Cuenta la leyenda que antes de abandonar el castillo, Melusina prometió que volvería a aparecer antes de la muerte de cada señor de Lusignan. Volvía tres días cuando alguna de las fortalezas que había construido cambiaba de dueño, para llorar y lamentar la desgracia de la casa. Son muchos los que aseguran haberla visto volando por el aire o bañándose en la "Fuente de la sed", aun años después de que el último de los Lusignan hubiese fallecido.

La niña que trajo el río

En la orilla del río yacía inconsciente una niña humana de unos ocho años de edad, vestida con un largo vestido blanco.

—Pero, ¿qué hace aquí una niña humana? ¿Cómo ha podido llegar hasta el reino de las hadas?

—Imagino que el río la trajo hasta aquí.

—¿Está viva?

—Sí, está viva, será mejor que la llevemos con nosotros, la reina de las hadas decidirá qué hacer con ella; además, esta niña está ardiendo de fiebre, debemos curarla.

Dicho esto, la colocaron sobre una manta de musgo que con un pase mágico podía volar. Así la llevaron primero a la casa de un hada famosa por sus tratos con humanos, el hada de los dientes, que al verla, enseguida la recordó.

—Pero si esta niña la vi ayer apenas, cuando fui a recoger su diente de leche, miren —y abriendo la boca de la niña señaló la falta de uno de sus dientes.

—Entonces ella te ha de haber seguido hasta aquí. Seguro resbaló en una de las peligrosas trampas que ha mandado poner la reina para evitar el contacto con los humanos, ha de haber caído al río.

—Es lo más seguro, pero ahora, ¿qué vamos a hacer?

—Esperemos a que le baje la fiebre y llevémosla ante la reina, antes de que ella se entere por sus propios medios de que hay una niña aquí.

Poniendo manos a la obra salieron al bosque a recoger algunas yerbas curativas para devolverle la salud.

Mientras, en el pueblo, los padres de la niña la buscaban por todos lados. Bastante desesperados por no haberla encontrado en la casa, salieron a gritarle por las calles, a preguntarle a sus amigos si la habían visto siquiera pasar por ahí. La angustia crecía minuto a minuto al darse cuenta de que nadie sabía dónde podía estar la niña, pues nadie la había visto desde el día anterior.

Ya habían pasado unas cuantas horas desde el hallazgo, cuando de pronto la pequeña abrió los ojos y se encontró con la más hermosa visión. Tres hadas mirándola fijamente, volando con sus hermosas alitas brillantes y sonriendo al verla despertar. Enseguida la niña dijo:

—Yo quiero ser un hada como ustedes.

Las hadas rieron al unísono, pero después una de ellas, al parecer la que tenía más autoridad, le contestó:

—Niña preciosa, tú has nacido humana, debemos devolverte con los tuyos y hacer que olvides este episodio trágico de tu vida. Tus padres seguramente estarán buscándote, debemos llevarte con la reina para que ella nos diga de qué forma podemos devolverte.

—Pero yo no quiero regresar.

—Anda ya, levántate y síguenos, ten mucho cuidado de no destruir las diminutas casas que hay por el camino.

La chiquilla obedeció de mala gana, con algo de tristeza en el rostro, pues no había nada en el mundo que ella deseara más que ser un hada.

Ya en presencia de la reina de las hadas, la soberana, indignada por la presencia de aquella criatura, ordenaba que fuera devuelta a su hogar. Pero se detuvo al mirar sus ojos llorosos y su honda desilusión. Sabía que el deseo de la niña era quedarse ahí y convertirse en una de ellas. Eso solía pasar una vez cada 200 años. Su corazón se enterneció.

—Quédate pues con nosotras, pero has de saber que tu cuerpo ya no lo usarás más porque además de ser muy grande y estorboso, necesita desprenderse y volar como el nuestro.

La niña, que no cabía en sí de contenta, asintió con la cabeza y sus ojos se llenaron de un precioso fulgor. Dando saltitos de alegría agradeció a la reina y se dispuso a abandonar su cuerpo.

Unas horas más tarde, un jovencito se tiraba a nadar al río y de pronto llamó su atención un ropaje blanco flotando sobre el agua.

Los padres desconsolados lloraban la muerte de su hija, y se culpaban uno al otro de su descuido. La más triste tragedia de los últimos años caía sobre sus hombros, y no habría nada ni nadie que les aliviara esa pena por mucho tiempo.

Pero ella ya volaba sobre el bosque, dejando atrás a los pájaros, escuchando los lenguajes de la naturaleza, confundiéndose cada vez más con las risas del viento.

La joven del vestido de red

Hace muchos, pero muchos años, en un pueblito galés había una hermosa niña de nombre Helai. Pasaba sus días ayudando a su padre el pescador a tejer redes para la pesca, y cuidaba a sus hermanitos, porque su madre había muerto años atrás de una pulmonía. Era una joven encantadora por su hermosura física, pero su alma era lo más bello que en este mundo se podía encontrar. Por las mañanas, después de darles de desayunar a sus hermanitos, se sentaba a la orilla del mar a cantar tejiendo aquellas redes que ayudaban a su padre a pescar la comida, y su canto era tan bello que se confundía con el de las sirenas que según los pescadores podían escuchar cada vez que se adentraban en el mar.

Unos cuantos días después de que Helai cumpliera los veinte años de edad, cerca de la playa, en el puerto, había llegado un barco a desembarcar una enorme cantidad de mercancías de oriente. De ese barco, precisamente, había bajado un joven de nombre Thomas, un escocés vivaracho, amable y bondadoso. Thomas era un aventurero como hay tantos en la vida de los barcos, un trotamundos sin más dueño que el deseo de viajar por muchos países, conocer distintas culturas y ganarse unas cuantas monedas. Pero bien sabía el destino que no volvería a embarcar de nuevo.

Quiso la suerte que un día, mientras Thomas exploraba caminando los territorios aledaños al bar del puerto, escuchara a lo lejos una voz que se perdía entre los chillidos de las gaviotas y el sonido de las olas del mar. Detuvo su camino y, fascinado, se aproximó al lugar del cual parecía provenir aquella dulce canción. Hipnotizado, caminaba lentamente hacia el canto de aquella sirena, y a medida que se acercaba pensaba en el canto de las sirenas que había causado tantos desastres en los tiempos de Homero. Ya cerca de aquella mágica criatura, agazapado detrás de las rocas observó

la belleza de aquella joven atrapada entre las redes de un pescador cantando una hermosa canción:

Miro al mar que no descansa
miro la luna sin fin
mientras mi amor aparezca.
Sola estoy como un delfín
cantando a las olas tristeza
cantando a las olas amor.
Yo espero, espero tranquila
que aparezca mi ilusión.

Transcurrieron dos o tres minutos sin que la misteriosa sirena se percatara de la presencia del muchacho. Se dejaba observar tranquilamente y pasado este tiempo, realizó un leve movimiento de cadera y dejó resbalar la red sobre sus rodillas, descubriendo su vida humana ante el atónito testigo que supo en ese momento que jamás podría dejarla regresar al mar.

Ella, sorprendida, lo vio a lo lejos, estupefacto como estaba, sonriendo lo llamó, él se acercó hacia ella y sucumbió a su candor.

Dos almas se encontraron bajo el reluciente ocaso en todo su esplendor, y cuando alguien pregunta a Thomas con quién se casó, él siempre responde que con una hermosa sirena que lo hipnotizó.

La noche es de luna II

Ella pasea diariamente por la ciudad de los muertos, siente el más dulce placer al nadar solitaria entre las oscuras corrientes de aquel cementerio sin cruces, respira el miasma de los desaparecidos que se esparce por doquier, siente cómo el agua fría le traspasa la pálida y escamada piel, imagina y siente como si una enorme mascada púrpura se deslizara lentamente por todo el lago, llenándolo de la melancolía infinita que sólo las tumbas marinas pueden ofrecer. Recorre, nada por las cuevas enterradas una y otra vez, y recuerda las formas en las que los suyos han dejado de existir.

Sus muertos y sus dedos desnudos de carne señalando hacia la noche, observando con sus cuencas vacías y esbozando sonrisas con labios inexistentes perdidos en silencio; ella es la única que entiende sus gestos y alcanza a comprender la tranquilidad que la muerte les brinda; cada tumba le regala un poco de silencio, y todas las noches las visita sumergida en el mundo que tanto le complace, el mundo que únicamente a ella puede pertenecer.

Le gusta pasear de noche por ahí. Las plantas de sus pies apenas tocan los filos de las piedras húmedos y brillosos antes de echarse al lago; y aunque está demasiado oscuro para ver, ella conoce el camino; es como si sus frágiles piernas le guiaran cuidadosamente. Su mano se topa con una oxidada puerta que cede rechinando, pero no hay nadie que la escuche.

Se abre camino entre siluetas borrosas y sepulcros marinos, entre un cielo entintado de negro y agua lodosa. Un cieno inmundo y resbaloso le lame los pies, percibe un olor de agua estancada y no alcanza a ver nada de lo que pisa.

Al fin se echa al agua fría, unas brazadas después puede sentir que está cercana a lo que busca, lo sabe porque lo distingue a lo lejos, es el más reciente, el que no tiene pasto ni hierbas todavía creciendo alrededor. Lo llevó ahí hace apenas tres días.

Avanza su mano extendida por la oscuridad y sus dedos rozan los cabellos de Edgar Glanvill. Se detiene junto a él, y recuerda la primera vez que lo vio, vestido de terciopelo negro, ahogando sus labios en fuego líquido; era el hombre más perfecto que ella había visto, una visión oscura con la palidez del marfil. El marfil que debería haber en su tumba. Repite en la voz de su cabeza y lo toca desesperadamente entre el fango que aún no se ha asentado, y siente sus uñas con lodo entre la humedad reinante.

Piensa en los gusanos que reclamarán su parte, en los peces que habrán de morder sus carnes y siente tristeza de ver desaparecer su rostro. Se estremece, piensa en la corrupción y se deshace en caricias y besos antes de verle aparecer sobre el rostro de su amado. Está profundamente enamorada, por eso lo robó para ella, por eso le buscó un lugar especial entre sus amados muertos, por eso se convirtió en mujer para atraerlo. Mientras ella exista en el lago existirá su amor por él, y mientras eso suceda le quedará vida para seguirlo amando bajo las heladas aguas de aquella profunda laguna, y mientras pueda convertirse en mujer, le llenará de compañía con seres amados en medio de aquel sueño tranquilo.

La vieja mujer del mar

Me da una tristeza infinita salir de vacaciones, regresar a mi país y alejarme de los amigos. Sé que no es mucho tiempo, pues dos meses apenas son suficientes para quedarme un tiempo en Concepción con la Paty, y después marcharme a casa a ver a mi madre; pero aun así siento que cada vez que me marcho de acá, pierdo lo que ya tenía. Ha de ser por eso que no me gusta irme, porque cada que regreso tengo que empezar de nuevo y cada que voy a Valdivia siento lo mismo, soy un miembro más de la familia pero me siento como invitada. Es extraño sentirme así respecto a mi propia casa; es extraño sentirme en el barco como si estuviera en mi casa. A veces pienso que quizá ya tengo demasiado tiempo trabajando aquí y que es por eso que no me imagino cómo será la vida sin esto. La vida en la Tierra.

Recuerdo los primeros días en el barco, todas las noches lloraba y le rogaba a Dios que me diera fuerza para quedarme. Todavía no hablaba inglés y era prácticamente como estar en otro planeta, lo único que me hacía medianamente feliz era la cantidad de latinos con los que sí podía hablar; ellos me explicaban las cosas en español, aunque muchas veces ni así les entendía. Yo no sé qué es lo que mueve a una mujer a salir de su país y buscar su vida en esta inestabilidad, en este ir y venir, en esta constante incertidumbre de todo. Mi sueño más grande era viajar por el mundo y lo he cumplido, pero me he quedado varada aquí en esta vida de mar en medio de la nada.

Al principio me excusaba conmigo misma diciéndome que era por dinero, pero ahora sé bien que es por algo más que no alcanzo a descifrar. Será que aquí el tiempo no transcurre como en tierra, y que todo parece llevar su propio ritmo en el mar. Aquí, incluso el mundo parece más chico. Me habrá embrujado alguna ondina, uno de esos días que miraba por la borda las aguas removidas por las enormes propelas que se mueven como monstruos marinos. Qué ser tan extraño soy yo. Me gusta compararme con una mujer de mar.

"Entre sus preferencias están las joyas, que consiguen de los barcos que logran abatir, pero lo que les ha hecho famosas es la fascinación que sienten por los jóvenes y guapos marinos, a los que atraen hacia sus palacios"

Con una sirena:

"Se dice de ellas que son caprichosas y que consiguen lo que quieren. Lo sorprendente es cómo logran escapar a la presión de los padres y maridos, porque viven muy vigiladas y protegidas. En el amor de la sirena hacia el mortal, además de capricho, hay mucho de gusto por lo prohibido y de curiosidad. En el amor del hombre hacia la sirena está el atractivo del amor ideal pero fatal, el encanto del amor peligroso, la atracción del vértigo, de lo desconocido."

Pero soy tan sólo una mujer cada vez más vieja, cada vez más hundida entre las aguas de todos los océanos. Una mujer que se marchita cada día, sin haber encontrado el marinero que me haga arrancarme la cola de pez, para quedarme sobre la tierra. Mientras tanto, encuentro día a día una razón, una buena razón, para seguirme moviendo entre las olas de este extenso y peligroso mar que es la vida.

Ofelía

La primera vez que la vi, pensé que estaba viendo una visión fantástica, una hermosa mujer flotando boca arriba con los brazos extendidos y los ojos abiertos; estaba desnuda y los largos cabellos rojos ocultaban por partes su cuerpo. Su hermosa y transparente piel estaba algo morada por el frío del agua. Era la más maravillosa criatura que jamás había visto en mi vida. Se asimilaba a una de esas ondinas de los cuentos de hadas. Tenía en la cara una leve coloración violácea.

Repentinamente salí del ensueño: era una mujer muerta flotando sobre la creciente del río. Asustado, me sumergí en las aguas del río y traté en vano de hacerla reaccionar. La saqué cargando de ahí, pero al verla tirada en el suelo chorreando agua, me pareció un sacrilegio, así que la devolví gentilmente al cauce del río. Me quedé ahí mirándola anonadado.

Era una visión macabra y al mismo tiempo sagrada; así debían sentirse los príncipes de los cuentos al ver a esas criaturas de mágica hermosura. Por un buen tiempo sólo estuve observándola, mientras las plantas acuáticas la retenían lo suficiente para que la corriente del río no la arrastrara de mi lado. No sabía qué hacer, pensaba en que seguramente alguien la estaría buscando en alguna parte no muy lejana de ahí. Así que me despedí de aquella belleza muerta y renové el camino hacia mi casa, llevando la imagen de la Ofelia en mi cabeza, pensaba en que quizá habría saltado a lo más profundo del río, viéndose acorralada ante una gran decepción amorosa o quizá lo habría hecho decepcionada de esta vida cruel, y seguí mi camino alejándome a toda prisa de ahí.

Hadas de la noche

Existen hadas que se esconden en la noche más oscura de los sentimientos, pues las hadas no siempre vienen acompañadas de amor y bondad; hay hadas malas y envidiosas, celosas de lo que poseen y no dudan en sacar del camino aquello que les moleste, sin importar que sea una cosa, un pensamiento, un animal o una persona. La noche guarda oscuros secretos y también hadas que encantan con mortífera belleza, pues las hay particularmente malignas con apariencias dulces, que atraen a los incautos para llevarlos consigo hasta una muerte horrible y prematura.

Glosario

Baba Yagá: Es una criatura espantosa. Viaja en una caldera en forma de almirez que vuela sola e impulsa la caldera con un remo en forma de mano y barre las huellas que deja a su paso con una escoba hecha con el cabello de un muerto. Baba Yagá tiene largo cabello grasiento y enredado, con una nariz inclinada hacia abajo que se junta con su larga barbilla curvada hacia arriba. Su piel está cubierta de verrugas y sus dedos tienen unas largas y negras uñas que son muy gruesas. Vive en una casa que está sobre unas patas de gallina enormes, de color amarillo, muy escamosas, que gira y da vueltas, bailando alocadamente. Los goznes de las puertas y las ventanas están hechos con dedos de manos y pies humanos y la cerradura de la puerta de entrada es el hocico de un animal lleno de afilados dientes.

Banshee: Del irlandés "mujer del sidhe" o "mujer del montón de hadas". Es un espíritu femenino en la mitología irlandesa, considerada generalmente como un presagio de la muerte y mensajero del otro mundo. Sus contrapartes escocesas son las hadas Nighe "washer-woman". Según la leyenda, un hada maligna se lamenta (grita) alrededor de una casa si alguien en la casa está a punto de morir. Tradicionalmente, cuando un ciudadano de una aldea irlandesa muere, una mujer canta una lamentación en su entierro.

Black Annis: El annis negro es la figura del "coco" en el folclor inglés. Se le imagina como una vieja arrugada o una bruja con las garras de hierro e inclinación por la carne humana (especialmente de niño). Dicen que frecuenta el campo de Leicestershire, y vive en una cueva en las colinas del pueblo danés. Sale de las cañadas por la noche a buscar niños y corderos confiados para comer; después cuelga sus pieles alrededor de su cintura. Puede alcanzar el interior de las casas para arrebatar a los niños, por esa razón las casas en esa área tienen pequeñas ventanas. La leyenda dice que utilizó sus garras de hierro para cavar del lado de un acantilado de la piedra arenisca, haciéndose un hogar allí que se conoce como annis negro.

Caillag Ny Groamagh: "Mujer mayor del Gloominess", una bruja vieja que influencia el tiempo. Según lo señalado en el folclor de Escocia, es la personificación real del mal tiempo.

Cailleach Bheur: Cailleach Bheur es una bruja que frecuenta las partes de las montañas escocesas. Asociada al invierno, renace en cada noche de todos los santos y vuelve para traer el invierno y la nieve. Lleva una varita mágica, misma que congela la tierra con cada golpecito.

Gan Ceanach: La palabra significa "el que habla de amor". Es un pequeño hombre elegante que aparece en las cañadas solitarias, y que fuma su pipa de arcilla. No tiene sombra, hace parar el canto de los pájaros por donde pasa y hace que una niebla se extienda. Con sus brillantes ojos negros y su voz apacible y encantadora, seduce a todas las doncellas mortales jóvenes que pasan frente a él. Pero solamente si lo besan se condenarán, porque él desaparecerá tan rápidamente como llegó, dejándolas suspirando hasta la muerte.

Gwrach: Hada maléfica, tiene un aspecto horrible, con el pelo enredado, dientes negros y largos brazos arrugados, sin proporción alguna con su cuerpo. Anuncia la muerte, marchando invisible al lado de la persona a la que desea. Provoca la muerte, pero los males más comunes que causa son enfermedades físicas debilitantes como languidez y depresión. Si se ha llegado a la certeza de que el hada ejerce su maléfica influencia, el asignarle un mote como sustituto de su nombre real será de gran ayuda para ahuyentarla. Las fechas de mayor influencia de esta hada son los últimos cinco días del mes de febrero y con mucho poder el último día de un año bisiesto.

Gwylion: Hadas de las montañas galesas, de aspecto maligno, que tienen la molesta costumbre de sentarse entre las peñas que bordean los senderos montañosos y esperan en silencio el paso de los viajeros para llevárselos con ellas y que jamás se vuelva a saber nada de ellos.

Kobold: Según el folclor alemán, los kobolds son los espíritus que viven en las minas y a los cuales les gusta atormentar seres humanos. Son muy tramposos y demoniacos. En el siglo XVII fueron representados generalmente en pinturas como pequeños diablos con un sombrero cónico, zapatos puntiagudos, una cola peluda y los pies lampiños en vez de las manos. Se consideran unos de los seres más peligrosos y más feos de todos los seres de los cuentos. Algunas fuentes sugieren que los kobolds están relacionados con los brownie.

Glaistig: Es una criatura de la mitología escocesa. Las hay en dos formas: en primer lugar una clase de sátiro, una vieja bruja con la forma de una cabra; en segundo lugar, una clase de hada femenina hermosa, generalmente en un traje verde. En la mayoría de las historias describen a la criatura como una mujer hermosa con la piel oscura o gris y el pelo rubio largo. Su mitad inferior era la de una cabra, disfrazada generalmente por un traje o un vestido verde y largo. Según leyendas, el glaistig era una criatura maligna. En algunas historias atraen a los hombres con alguna canción o danza, y entonces beben su sangre.

Mab: Hada malvada, perteneciente a la familia de los pixies; viste de verde y ostenta cabellera roja, orejas puntiagudas, nariz respingona y mentón recortado. Su tamaño es minúsculo, a menudo bizquea y posee un carruaje tirado por insectos. Provoca extravío de viajeros, robo de leche, de niños y de caballos. Si se penetra inadvertidamente en su territorio o se percibe su maligna influencia, se le puede conjurar mediante el regalo de vestidos o, en su caso, protegerse poniéndose la chaqueta al revés. Su mayor influencia es entre los primeros y últimos cinco días del mes de enero.

Muilearteach: De épocas protoceltas y quizá origen marino, la muilearteach salió de las aguas. Usualmente es un reptil escamoso que conserva su cola y tiene un áspero mechón de pelos en la cabeza. Cuando es mujer tiene unos brazos largos y garras afiladas capaces de destrozar de un solo zarpazo; su cara es horrenda, tiene un solo ojo y una boca enorme con dientes afilados.

Tylwyth teg: Son las hadas galesas que viven en los lagos o las corrientes o en los huecos de las colinas. Se asocian a ellas las tradiciones (generalmente) de la danza sobre el claro de luna, el paso del tiempo sobrenatural, el robo de niños y la sustitución de niños por otros. Están especialmente interesadas en niños rubios.

Vile: Mortales para el hombre suelen ser unas hadas de fascinante belleza que habitan los bosques de Europa central, las vily o vile, en singular vila. Las vile suelen destacar por sus largos cabellos, que pueden llegar a cubrirles los pies, de color dorado o castaño rojizo; dicen que pueden tener pies de cabra. Prefieren los lugares elevados para vivir. Conocidas como las señoras de los bosques, protegen a los seres que habitan en ellos de modo obsesivo. Si un humano se atreve a dañar a uno solo de sus animales, la vila se muestra inflexible, y según el daño que haya causado es su castigo, llegando incluso a la muerte. Es vengativa y peligrosa, pero por protección de los suyos. Si un humano no le causa confianza, trata de alejarlo de su territorio, al precio que sea. En cambio, cuando deciden ayudar a los hombres, no dudan en ofrecer sus conocimientos sobre cómo resucitar a los muertos.

Jenny Greenteeth:

una leyenda que salva vidas

Ven hacia el agua y báñate mi amor,
ven, nada en el remolino del estanque.
Ven abajo a la profundidad de las rocas y los huesos.
Ahora nadarás conmigo, dulce tonto...
(NICOLE MURRAY AND CLOUDSTREET)

Hay muchas fábulas e historias que rodean los ríos y los canales de la Gran Bretaña. Sin embargo, si vas a caminar alrededor de cualquier alberca, charca o río en la noche, estarás siendo observado por Jenny Greenteeth. Ella es la bruja del agua más peligrosa para los que no tienen cuidado con el agua, pues vive debajo de la superficie en la parte inferior y más fangosa, se alimenta del descuidado que resbala hacia su estanque. Es de forma delgada, se mueve hacia adelante y hacia atrás como un pescado, es pálida y tiene el pelo verde muy largo y oscuro: no es ninguna belleza. Sus ojos, amarillos como los de una rana, te mirarán atentamente donde sea que te encuentres, y cuando resbales, sus brazos largos te envolverán, sus dientes afilados y asquerosamente verdes se hundirán en tu carne y sus huesudos y largos dedos te rozarán ligeramente hasta hacerte caer en el sueño más profundo.

Jenny Greenteeth, o la mujer de Greentoothed, fue probablemente originada en Europa central entre mitos y leyendas de la gente eslava. Se contaba que el espíritu de lagos y charcas, la rusalka o ninfa del agua, encantaba transeúntes con su canción, de modo que algunos se ahogaban por su culpa. Tiene parentesco con baba yagá (una bruja que encontró deliciosa la carne de los niños) y

junto con muchas criaturas malvadas que ahogaban a sus víctimas, se convirtieron en reminiscencias directas de los cuentos de Jenny Greenteeth. Algunos creen que Jenny era simplemente un alias para una planta acuática que podría envolverse alrededor de la pierna de un individuo y atraparlo debajo del agua (un peligro para los niños pequeños si se enredaban en ella). Pero otros la eligieron como la temida guardiana de las aguas, que mantenía lejos a los niños de los bordes de piscinas, charcas, ríos y lagos; así que si se acercaban a los bordes, ella subiría y los arrastraría adentro para comerlos. Como sea, Jenny siempre estaría ahí, bajo la superficie del agua, esperando su siguiente comida.

Jenny Greenteeth puede ser encontrada por todas partes en las islas británicas, en muchas formas diversas. En Lancashire, por ejemplo, ella es Jinny Greenteeth, en Cheshire y Shropshire la conocían como Jenny Traviesa, mientras que en Durham era Peggy Powler. En Yorkshire, Jenny suele esperar para arrastrar a los pequeños niños adentro del agua si caminan cerca del borde, y en Cornualles tiene un familiar: el bucca-boo, un espíritu del agua que frecuenta llanuras y estanques naturales. Jenny incluso puede ser hermana del annis negro de Leicestershire, un comeniños que vive en los árboles y que estirando sus largos brazos puede robar a su presa, mientras que en Irlanda tiene el nombre de Bean-Fionn y aparece como una mujer hermosa en un vestido blanco, únicamente arrastra a los niños descuidados hasta las profundidades de los lagos oscuros para ahogarlos. Tiene muchos primos, son los espíritus del agua y las ninfas. También ha sido comparada con el coco, atemorizando a niños y adultos por igual.

La banshee misericordiosa

Todavía no sé bien lo que pasó aquella tarde. Estábamos sentadas una frente a la otra, hablando de cosas sin importancia. Como siempre, ella me contaba los problemas que tenía con su ridículo esposo, y yo pacientemente la escuchaba, poniendo atención sólo a su boca, la cual se movía como una medusa atrapada en frasco de vidrio, hablaba de Elmer, como si estuviera posesionada con su voz y su presencia. A mí, el tipo aquél me producía asco; estaba pensando en salir corriendo de ese departamento con la menor excusa, sólo que Paulina nunca hacía pausas al hablar, y me dificultaba la escapatoria con su plática y su rostro de pesadumbre.

Aún no sé por qué decidí quedarme con ella y seguirle escuchando, pero caí casi instantáneamente a sus pies cuando comenzó a llorar, me dio tanta pena, que la abracé fuertemente y traté de consolarla con todas las frases de apaciguamiento que se me venían a la mente, la abracé y le besé la mejilla húmeda por sus saladas lágrimas de mar y mujer doliente.

Ella continuaba llorando sobre mi hombro, abrazándome fuertemente; no sabía lo que sucedería pero la besé en la boca, era el tipo de consuelo que a mí me habría gustado, nuestras lenguas se abrieron paso por nuestras gargantas y una tormenta que comenzó callada se desataba entre nuestros cuerpos. La besé y supe lo que era besar a una mujer que sufre, una mujer que está un tanto muerta en vida y que no puede más que pedir un poco de misericordia ante tanta mierda.

Al principio creí sentir un poco de ese sentimiento tan desconocido para mí, pero después, conforme la boca de Paulina se enredaba con mi garganta haciendo nudos de saliva, sentí la más fuerte excitación que hubiera sentido hasta entonces; quizá fue la

sal de sus lágrimas o quizá su cuerpo temblando de desesperación, casi implorándome que la partiera en dos. Así la besé sin miramientos y comencé a rozar sus pequeños pezones con la punta de mis dedos por encima de la blusa blanca que ya comenzaba a arrugarse con la fricción de mis manos; mi boca se abría como queriendo tragar su cara entera, me convertí en una lapa, y lentamente comencé a desnudarla sin apartar mis labios de su cuerpo. Sus espléndidos pechos de puntas de lanza estaban dispuestos a atravesarme, la acariciaba lentamente y no podía dejar de escuchar su corazón asustado latiendo fuertemente como un tambor africano llamando a la batalla. Mi mano se abrió paso entre sus muslos cerrados, hasta tocar el delicioso jardín de sus orquídeas. Comencé a tocarlo con movimientos tan rápidos y certeros como mi lengua. Las respiraciones se hacían cada vez más interrumpidas y podía sentir el calor de su cuerpo hecho vapor y empañándome la vista. Comenzó a jadear tan fuerte que no pude más y tuve que rozar mi boca con su cuello; no quería hacerlo pero pensé en que sería un buen consuelo, así que ya no pude detenerme y al sentir su cuerpo revuelto en espasmos de placer, atravesé lentamente su garganta con mis colmillos que ya estaban pidiendo un poco de compasión. Al degustar la sangre, ya no pude parar, y del cuello pasé a los pechos, y de los pechos baje recorriendo su suave estómago, haciendo zanjas y espirales con mi boca hasta llegar a su monte, tan rojo y terso como una seda china, húmedo y acogedor; tibio me recibió con golpeteos de placer, se retorcía de dolor y deleite, envuelta toda en roja sangre; su cuello goteaba como un río lento que lleva la muerte, y sus ojos, aún pedían un poco de misericordia.

Aunque ella fuera mi única amiga diferente a las demás, la única que hasta ese momento había conservado intacta (teníamos dos meses de conocernos) decidí complacerla y complacerme a mí misma, ¡pobre Paulina! Al mirar su cascarón vacío, me alejé, confundiéndome con las sombras que, para mi fortuna, ya empezaban a cubrirme.

La habitación cerrada

17/enero/1860

Desde que mi padre se enamoró de esa señora extraña, he sentido la horrible sensación de que esta vez sí se casará, y nada de lo que yo pueda hacer para impedirlo servirá. Esta vez lo noto demasiado ilusionado, parece un colegial. Empiezo a temer que se deshará de mí, metiéndome a un internado.

6/febrero/1860

Lo dicho, mi padre se casa con esa señora, ya tienen todo preparado y la boda será dentro de un mes. Al parecer no iré a ningún internado, pues me mudaré con él a casa de la viuda.

18/marzo/1860

En la boda me di cuenta de que ella me detesta, pero disimula muy bien. Odio que me llame con diminutivos. Me da escalofríos su forma de mirarme. Seguro desea que mi padre me ame menos.

30/marzo/1860

Hace unos cuantos días nos mudamos; mi cuarto es enorme y mi ventana da hacia un jardín precioso. Los muebles son muy antiguos pero bonitos. Empiezo a extrañar mi antigua casa.

4/abril/1860

Ayer bajé al jardín y conocí a Laura, la hija del jardinero, hicimos migas. Me dijo que no me hiciera enemiga de la señora de la casa. Demasiado tarde.

7/abril/1860

Hoy di un paseo por la casa, es muy grande. Le pedí a mi padre que Laura fuera mi doncella. Ella aceptó encantada. Pasamos la tarde viendo las habitaciones de esa enorme mansión. Me enseñó casi todas, pues hay una que está cerrada. Le pregunté si habría forma de abrirla. Ella dijo que no, aterrada.

9/abril/1860

Sigo pensando en el porqué de esa habitación cerrada. ¿Quién tendrá la llave? Mientras más pienso en ella, más curiosidad siento.

10/abril/1860

Hoy le he preguntado a la señora sobre la habitación. Se ha enojado mucho, me gritó diciendo que no me entrometiera en su casa; mi padre tuvo que calmarla. Corrí hasta mi habitación.

11/abril/1860

Ayer por la noche pasé frente a la habitación, fui muy cuidadosa de que nadie me viera; pegué la oreja a la puerta. Sucedió algo increíble, escuché el llanto de un niño.

14/abril/1860

Por la tarde del otro día fuimos al pueblo Laura y yo, y le pregunté por el niño del cuarto. Me dijo que hacía años que no había un niño en la casa. Me llené de miedo, pero aquella noche regresé a aquella puerta y toqué despacio. Escuché una vocecilla que me pidió ayuda. Me fui aterrada a mi habitación con el corazón saliéndome casi por la garganta.

30/abril/1860

He pasado muchos días tratando de averiguar dónde guarda aquella bruja la llave. Ahora estoy segura dónde la esconde. Esta misma noche abriré la habitación.

29/mayo/1860

Hoy, después de varios días, regreso a escribir este diario, tengo que hacer constar lo que vi aquella noche detrás de la puerta, alumbrado

por una débil luz de vela: un niño momificado. Estaba expuesto como uno de esos santos de la iglesia, rodeado de flores, sostenido por la pared. Comencé a gritar. Mi padre acudió justo a tiempo a detener mi desmayado cuerpo.

Hemos vuelto a casa, ambos estamos muy nerviosos. El hada de mi padre se convirtió en una criatura maligna para nosotros; estaba claro que estaba loca. Mi padre casi no podía asimilarlo. Yo trato de consolarle y ahora me empeño en decirle que nunca vuelva a casarse. Al menos no con ninguna otra "hada".

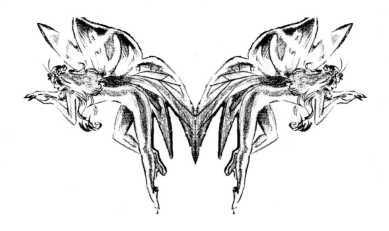

Cuando dejó de soñar

En ese momento, justo en ese lugar, dejó de caminar y esperó a que la gente que bajaba del metro la rebasara, con toda la prisa que la gente puede tener cuando se le ha hecho tarde; sintiéndose extraña al lugar y a las personas que corrían entre ella como caballos desbocados tratando de llegar a una escalera eléctrica. Únicamente se pegó a un lado de la pared y fingió leer el libro que llevaba abierto entre sus manos. Siempre le había molestado ese tipo de gente que trataba inútilmente de recuperar el tiempo; el tiempo que no dejaba ni por un segundo de correr. Se preguntó qué diablos estaba haciendo ahí y por qué había sido tan cruelmente castigada. Un par de preguntas que definían su estado de ánimo. Podía escuchar los pensamientos de todas las personas; de aquellas que estaban a su alrededor, y muchas de ellas no esperan nada de la vida, pues tan sólo eran cuerpos grises con caras grises y trabajos mediocres o mal pagados. Entonces, sus preguntas se unían al pensamiento de la gente que caminaba sistemáticamente hacia su trabajo, como lo harían el resto de sus vidas, como quizá ella también tendría que hacer por una eternidad de días más.

Al fin salió de ese túnel oscuro que es el metro, y contempló por unos segundos la portada del libro que había intentado leer hacía más de dos o tres días: *Hadas en la tierra*. Lo había comprado por obvias razones: quería leer lo que decían ahí sobre ellas. De pronto volteó rápidamente al escuchar que un camión se acercaba a la parada; subió a él guardando el libro en su bolsa, se sentó junto a la puerta y se quedó dormida hasta llegar a la base. Llegó a su trabajo sintiéndose más miserable que de costumbre, botó sus cosas en la pequeña mesa que usaba como escritorio, tomando aire como para no llorar, cerró los ojos, pero no pudo ver nada más que el negro azulado de los párpados. Un día más en este espantoso lugar.

Ese día por la noche de verdad disfrutó escuchar el reloj de pared marcando las seis de la tarde. Salió al fin del trabajo que tanto detestaba y que tenía que soportar para sobrevivir en esta vida de perros; cuánto le hubiera gustado hacer las cosas que hacía en el reino de las hadas, tener la magia que poseía y jugarle bromas a todos los mortales. Amaba ser maliciosa, había estado metida en problemas desde que era chica. Eran tiempos mejores; suspiró lentamente dirigiendo sus pasos hacia el metro. Para ese entonces imaginaba a su padre regañándole por ser tan traviesa con los mortales. Sintió una tristeza verdaderamente humana y pensó que nunca antes se había sentido así. Nuevamente las preguntas se amotinaban en su cabeza ¿Volvería con los suyos? ¿Cuánto tiempo más tendría que pagar su condena en este mundo? Contemplaba con la mirada perdida las calles por las cuales había dejado tanta vida embarrada, una y otra vez de ida y de regreso, cada día, cada interminable mañana. Y es que para ella, la vida en este mundo era una porquería pestilente, no podría compararse jamás con el mundo feérico. Bajó la cabeza y se dijo que así debería pagar quizá por una oscura eternidad. Lo único que se supo de ella es que a pesar de todo siguió viviendo en este lugar con la única esperanza de volver. Lamentablemente, eso jamás sucedió.

El hijo de las hadas

Los Méndez formaban un hermoso matrimonio, tenían todo lo que una pareja joven podría desear. La gran fortuna que Aída había heredado de su padre, había hecho posible que Diego pudiera seguir con sus planes de terminar su doctorado. La vida les favorecía a ambos, con la espera de un hermoso bebé que llegaría a colmar su felicidad. Lamentablemente, las cosas no salen siempre como una las quiere, y quiso el destino que Aída diera a luz a una criatura enfermiza y deforme, cuya existencia avergonzaba a ambos, y los hacía culparse mutuamente por la fealdad del niño; causando entre ellos una separación. Las habladurías de la servidumbre decían que justo después de nacer el niño, se lo habían robado las hadas, dejando al pequeño contrahecho que yacía en su cuna, ocupando el lugar del verdadero hijo. La madre delegaba su cuidado a las sirvientas, y contrató para él una enfermera especial para que cuidara del niño diariamente hasta que saliera de peligro.

Pero al paso de los años el hijo aquel se volvió aún más horrendo y enfermizo, y sólo las personas que lo habían visto crecer con aquella fealdad eran las que no salían corriendo de la casa. Pero no sólo era físicamente desagradable, sino que su mal carácter y agresividad (quizá resultado de que su madre lo rechazara) hacían más difícil aún su trato; y casi nadie soportaba estar con él, excepto sus juguetes y sus libros, así como una que otra alimaña del sótano, donde se escapaba a jugar para esconderse todavía más de la gente. Era en esos momentos cuando el niño se daba cuenta de lo solo que estaba, cuando miraba por las rendijas a los hijos de las criadas jugando en el jardín de la casa, sonriendo y prodigando vida a sus madres y a sus hermanitos.

Fue justo antes de cumplir los seis años que su madre volvió a casarse con un rico empresario de la ciudad, y mandó llevar a su primer hijo a una especie de casa de campo, trasladando sus cosas y algunas sirvientas y a la enfermera para que cuidaran de su pobre hijo enfermizo, argumentando que el campo abierto le sentaría mejor, pero todo el mundo sabía que era para estar mejor con su nuevo esposo, sin necesidad de tener que preocuparse por que el niño los importunara con su horrenda presencia.

Estando en el campo, aquel niño comenzó a tener graves fiebres que lo acometían con frecuencia; su salud empeoraba continuamente, a veces gritaba y se quejaba con una amiga imaginaria que le había dado por creer que era real, y a quien llamaba Melusina, como la que había visto en aquel cuento de hadas que tanto se complacía en leer. Estando en ese estado, gritaba que lo ayudara, que lo sacara de esa fuente. La enfermera y las tres criadas no sabían qué hacer; lo único que se les ocurría era turnarse para cuidarlo y evitar que se hiciera daño en el transcurso de aquellos ataques de ira.

Nunca avisaron a la madre, pues sabían que no le importaba la suerte de su hijo, y mientras más pronto muriera, más se librarían de cuidarle. Así pues, transcurrieron unas tres semanas y, entre fiebres y alucinaciones, por fin el niño murió. La madre fingió pesar con la noticia, pero se refugió rápidamente en los brazos de su esposo y esa misma noche quiso el destino que ella quedara encinta nuevamente y, sin saberlo, de un ser que, al igual que el primero, estaría coronado con el halo de la desgracia y la enfermedad. En algún lugar de otro mundo, las hadas sonríen maliciosamente y recogen al niño que habían dejado crecer en un rincón de la Tierra.

Ángeles

Soñé que podía verlas: pequeñas hadas con sus alas brillantes de color pastel, volando, rodeándome, acariciando mi cara, riendo divertidas. Lo recuerdo todo tan vívidamente que no me parecía estar soñando. Cuando desperté, ya no podía moverme; y al mirar alrededor quise gritar pero no pude hacerlo.

Vi a mis hijos profundamente dormidos; un pánico indescriptible me golpeó la espina dorsal al recordar a mi bebé riendo entre mis brazos. Poco a poco comenzó mi memoria a recuperarse y, entre todas esas imágenes, me veía a mí misma caminando con los tres a mi lado por un precioso parque lleno de flores, con todos esos animalitos rodeándonos y corriendo a esconderse por todos lados. Estábamos alimentando a los patos de un enorme estanque; también habían ahí enormes peces anaranjados. La pasamos muy bien; no habían carestías. Mis hijos se veían fuertes, rozagantes, sanos y felices.

La carcajada de mi hijo mayor de seis años, despertó en mí un repentino dolor. Era el más parecido a su padre, se parecía físicamente y también en el carácter, había incluso esa forma de sonreír que me lo recordaba ampliamente. Mi buen esposo, tan lejos ahora. Cuánto lo había amado, cuánta falta me hacía estar a su lado.

Tomé a mi bebé con un brazo y con la mano libre busqué la mano de Richard, mi segundo hijo. Él la extendió, era tan silencioso, tan bien portado, me daba mucha ternura la forma en que trataba de imitar en todo a su hermano mayor, la mayoría de las veces sin éxito.

De pronto, las hadas otra vez, pero yo no podía verlas, —me cegó un rayo de sol—, sólo podía escuchar sus risas y aleteos. Dejé de

sentir el peso de mi hijo en el brazo y la mano de Richard en mi otra mano. Grité atemorizada el nombre del mayor de mis niños. Las hadas me callaban riendo y sus risas se mezclaban estruendosamente con las de mis hijos. Me sentí desfallecer.

Después, al despertar y abrir los ojos, estaba aquí. No sé cuánto tiempo ha pasado desde entonces. Sólo sé que cada día los extraño más, extraño sus voces, sus risas, sus manitas pegajosas tocando mi rostro, extraño sus pequeños y tibios pies jugando bajo las sábanas. Extraño pertenecerles y extraño tener alguien que me pertenezca por completo.

Cuando era niña, mi padre solía contarme historias de hadas del bosque, y como vivíamos básicamente cerca del bosque en una cabañita, yo creía haberlas visto ya, danzando en un claro de luna en alguna parte escondida del bosque. Pero solamente eran fantasías de mi niñez; porque sé que a mis hijos no me los arrebataron las hadas. Esa noche decidí dormirlos como siempre, después de una cena muy pobre, contándoles cuentos. Al contemplarlos, ya dormidos, deseé con todo mi corazón que ya no despertaran. Al menos no en este mundo.

Me levanté de la cama, tomé los viejos trapos del pequeño baúl y sellé la ventana y la puerta del pequeño cuarto donde vivíamos. Estaba helando afuera. Abrí la llave del gas de la estufa y me volví a acostar junto a ellos en nuestra única cama; rezando a Dios porque ninguno de los cuatro amaneciera vivo.

Y ya ve, señor, que no fue así.

El hada maligna

Me gustaba escucharlo rogar del otro lado de la línea telefónica, parecía un cachorrito suplicando su comida. Sólo nos habíamos visto un par de veces, pero según él, estaba enamorado de mí, y no dejaba de pedirme que nos viéramos de nuevo en el mismo sitio de aquella última vez.

Honestamente, yo no quería verle, ni querría verlo nuevamente ningún otro día. Era innecesaria tanta ridiculez. Sería mejor ahorrarse tanta cursilería. Las cosas son como son, él ya no me servía más y aunque debo confesar que nunca antes había estado con un chico tan vigoroso. El hecho de que me comparara con su madre jodió bastante la cosa.

Disfrutaba tanto viéndolo sufrir, borrando cada mail, rechazando cada llamada telefónica, rechazándolo cada vez que venía a buscarme a la casa. Es un placer muy extraño, no puedo describirlo. Por eso, cada que alguien se encapricha conmigo o dice enamorarse de mí, lo rechazo inmediatamente, sólo para ver hasta dónde es capaz de sufrir, de rogar, de gastar.

Las buenas mujeres no hacen eso, ya lo sé, las buenas mujeres son honestas y desde el principio dictan las reglas del juego, pero conmigo no es así. No me interesa ser una buena mujer, nunca lo he sido, no puedo ni quiero serlo. Triste pero cierto, hay personas así en el mundo. Hay peces gordos que se comen a los chicos, así es el mundo real.

Ahora, por lo pronto, espero la llamada de J., es la primera vez que salimos solos, ha de tener unos 19; se ve que nunca ha tenido sexo.

Epílogo

Las hadas están en los ojos de aquellos que las quieran ver, por donde sea las encuentra la imaginación, no hace falta ser niño, si pones atención al mundo que existe paralelo al tuyo. Las hadas son dulces ancianitas, son jóvenes hermosas o mujeres malvadas, las hadas son también hombres especiales, y a todos ellos los conoce tu corazón.

Existe un mundo de historias de hadas verdaderas como tú y como yo, en las cuales este libro es sólo una pequeña porción. Para el lector que ha crecido con cuentos de hadas es difícil deshacerse del manto de fantasía que cubre a estos hermosos seres; sin embargo, es posible que dentro de nuestra vida cotidiana hayamos visto o rozado o sabido de la existencia de un hada verdadera viviendo aquí con nosotros en este mundo. Saben esconderse muy bien entre los humanos pero se delatan por sus actos, pues hay unas extremadamente gentiles y hermosas, mientras que hay otras tan bellas como maliciosas. Quizá tú seas una de ellas, quizá tu abuela o tu hermana o tu tía, quizá tu vecina sea una de ellas.

Las hadas verdaderas viven en armonía con la naturaleza, y son sus fieles guardianas, pues saben que con ella nace la vida que conocemos y que permea a éste y otros mundos. Así que cuida más el medio ambiente, pues la próxima vez que cortes una hojita a un árbol o causes algún daño a algo vivo, te pueden castigar. Las veleidosas hadas son enigmáticas y pueden volverse muy peligrosas si se les molesta. Sus pasiones son salvajes y tórridas. Las hadas sienten con una intensidad tan devastadora, que puede consumir a cualquier mortal lo bastante intrépido como para relacionarse con ellas. Pero si alguien decide correr el peligro puede llegar a obtener beneficios.

Desde la Edad Media se ha creído que las hadas son inmortales y eso es verdad, pues las hadas viven en los sueños de la gente y morirán cuando los niños y los adultos dejen de soñar.

—¿Sabes, Wendy? Cuando el primer niño rió por primera vez, su risa se rompió en miles de pedazos que se fueron dando saltos, y así fue como aparecieron las hadas. Por eso tendría que haber un hada por cada niño y cada niña.

—¿Tendría que haber? ¿Acaso no es así?

—No. Ahora los niños saben mucho y pronto dejan de creer en las hadas, y cada vez que un niño dice: "No creo en las hadas", en algún lugar hay un hada que muere.

PETER PAN

Índice

Editores Impresores
Fernandez S.A. de C.V.
Retorno 7D Sur 20 # 23
Col. Agricola Oriental